월파 김상용 시인

표지그림 : 김상용 초상화(오수환) 1976년작 33㎝ ×41㎝

해외문학파 동인들(1933)
(왼쪽 앞줄부터 김상용, 정규창, 김온, 이선근, 유동석, 이하윤, 홍일호
왼쪽 뒷줄 정인섭, 김한용, 김진섭, 이형우, 장기제)

해외문학파와 극예술연구회 동인들
(앞줄 오른쪽부터 김상용, 함일돈, 함대훈, 김광섭, 서항석, 이헌구
뒷줄 오른쪽부터 이하윤, 김진섭, 조희순, 오일도, 유치진)

백두산 정복 때의 월파(1932)

보스턴 대학에 영문학
연구차 도미했을 때의 월파(1948)

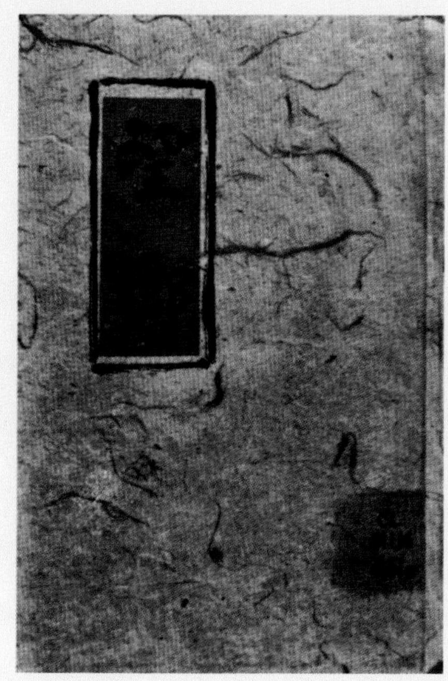

월파의 유일한 시집
〈望鄕〉의 표지(1939)

월파의 수필집
〈무하선생방랑기〉의 표지(1950)

이화여전 정동에서 새교사로 이사 나오는 행렬이 본관 앞에서(1935. 3. 9)

이화여전 부산 판자 교사에서의 졸업식

허형만 시인 외 5인이 세운 생가 기념비(왼쪽 박희진 시인, 오른쪽 김경식 시인)

연천군 군남면 왕림리에 살고 있는 유상협씨가 세운 시비
(오른쪽 연규석, 왼쪽 조재만)

김상용 시전집

望鄕에서 歸鄕까지

2009

연천향토문학발굴위원회

◇ 축시 ◇

金尚鎔 시인의 부활을 기린다

朴 喜 璡

생전에 시를 수백 편 쓰고 발표했더라도
그것들이 연기처럼 소멸한 시인들 엄청 많아요.
하지만 월파月坡 김상용은 달라요.
그가 남긴 적어도 두 편은
언제까지나 살아 남을 거예요.

「南으로 窓을 내겠소/ 밭이 한참갈이
괭이로 파고/ 호미론 풀을 매지오
구름이 꼬인다 갈 리 있소/ 새 노래는 공으로
들으랴오/ 강냉이가 익걸랑/ 함께 와
자셔도 좋소/ 왜 사냐건/ 웃지요」

최동호崔東鎬의 지적대로 이 '솔직 담백한
직정성'의 언어엔 먼지가 낄 수도
감히 녹이 슬 수도 없어요. 한국인의
근원적 심성, 밝고 수더분한 자연친화의
순수 감흥에서 나왔기 때문이죠.

49세로 세상을 하직한 월파 김상용,
구한말에 태어나서 6·25동란 와중에 떠난.
평생 망향望鄕의 그리움 하나로
시심을 키웠기에 누구보다도 나그네 심정에
투철했던 그는 마침내 다음의 명구를 남겼지요.

「오고 가고/ 나그네 일이오
그대완 잠시/ 동행이 되고」
지극히 소박하고 단순한 표현이나
삶의 진실을 깊이 느끼고 관조한 이 아니면
이런 표현 못합니다. 절대로 못합니다.

월파는 살기 좋고 아름다운 경기도 연천 출신,
나의 동향 선배임을 감축 드립니다.
뜻있는 분들의 헌신적 노력으로
그가 오랜 망각의 늪을 뚫고 나와
햇빛을 보게 되니 이보다 더 좋은 일이 있을까요.

첫 번째 발간으로

연 규 석

김상용 시인하면 <남으로 창을 내겠오>란 명시를 많은 독자들이 애송하고 기억했던 시인이다.

그래서 경기문화재단에서 특별히 배려해 주신 게 아닌가싶어 더욱 감사를 드리고, 개인적으로는 너무나 기쁘고 분에 넘친다.

그리고 내용 편집은 편집위원들과 논의한 결과 일곱 개로 묶고, 필자의 뜻을 존중하려고 원문을 그대로 싣는 데 마음을 모았다.

끝으로 이 사업이 계속 이어지기를 바라며, 많은 독자들이 성원과 관심을 가져 주었으면 한다.

2009년 4월 5일
군자산을 바라보며

목 차

묶음 : 하나

「望鄕」 이전의 詩

묶음 : 둘

「望鄕」

묶음 : 셋

「望鄕」 이후의 詩

묶음 : 넷

詩調

묶음 : 다섯

獨唱歌詞

묶음 : 여섯

飜譯 詩

묶음 : 일곱

評說

묶음 : 하나

「望鄕」 이전의 詩

月波 고향인 旺林里(경기도 연천군) 입구

일어나거라

아츰의 大氣는 宇宙에 찻다.
동편하늘 붉으레 불이 붓는데
槿域의 일꾼아 일어나거라
너의들의 일때는 아츰이로다.

濃霧가 자옥한 神爽한 아츰
죽은듯 고요한 輕快한 아츰에
큰 소래 웨치며 일어나거라
너의들의 잘때는 아츰 아니다.

아츰의 大氣를 흡씬 마시며
鞏固한 意志와 굿굿한 肉體로
팔 다리 것고서 일터에 나오라
血潮의 戰線에 힘잇게 싸호자.

(「東亞日報」, 1926년 12월 5일)

이날도 안저서 긔다려 볼ㅅ가

地平線 우에 떠도는 구름
바람불면 떼소낙 올 듯도 하다만은
한가한 가지에 매암이 우니
이날도 안저서 긔다려 볼ㅅ가.

골작이로 붉은 물 나려만 오면
다 썩은 저 개뚝 이러질 듯도 하다만은
번갯불 아즉도 뵈지 안으니
이날도 안저서 긔다려 볼ㅅ가.

물우에 널린 어지런 띄ㅅ글
한자락 風雨 뒤엔 씻길 듯도 하다만은
저 구름 움즉인다 어듸로 가노
이날도 안저서 긔다려 볼ㅅ가.

(「朝鮮之光」, 90호, 1930년 3월)

찻는 맘

사랑아 그대는 어데 잇는다
내 령혼 알들이 찻는 사랑아
山우 잇슬가 올라보면은
바람만 닢새에 불고 잇는 걸.

사랑아 그대는 어데 잇는다
내 령혼 애닯히 찻는 사랑아
바다우 잇슬가 바라보면은
흰 돗만 물우에 오고 가는 걸.

사랑아 그대는 어데 잇는다
내 령혼 오날도 찻는 사랑아
모흰 데 잇는가 따라가면은
낫 모를 나그내 제길 가는 걸.

山에 업는 사랑을 어데 찻을가
바대 업는 사랑을 어데 찻을가
모흰 데도 없으니 찻지도 말가
그래도 내 령혼은 헤매고 잇네.

(「東亞日報」, 1930년 11월 11일)

모를 일

내가 깁븜의 잔을 드랼 때
파리 하나 지나다 잔에 쩔어져
나는 깁븜의 잔을 일헛고
파리는 가없다 목숨 일타니.

내가 그리운 그를 부를 때
그는 못듯고 지나 바리어
나는 一生의 뜻 일헛고
그는 애석타 홀로 가다니.

모다가 야릇타 웃어 버릴가
그러나 서름은 나를 울리네.

(「東亞日報」, 1930년 11월 12일)

無常

싸늘한 하날밋 바람이 부네
서리온 쌍우에 바람이 부네
바람에 썰어저 달리는 닙은
바람타고 써돌다 어데로 가나
쌔 되면 반드시 덧는단 말이.

흐르는 듯 人生의 歲月이 가네
白髮만 남겨노코 歲月이 가네
白髮만 남겨노코 가는 靑春
歲月타고 흘러서 어데로 가나
쌔 되면 반드시 늙는단 말이.

들ㅅ가에 닢 덧는 바람소리에
달 어린 가을밤을 홀로 새면서
百번이나 봄가는 곳 무러 보앗네
그러나 내 말은 듯도 안는 지
대답업는 들우에 바람만 불어.

(「東亞日報」, 1930년 11월 14일)

殺妻囚의 質問 (1)

비록 내 손이 내 목 졸을 自由가 없고
내 발로 물에 뛰어들 틈이 없으나
나흘 굶은 내 압날이 길면 얼마나 길ㅅ고
'어둠'이 내 압헤 어른거리고
나를 救하랴는 '죽엄'의 발자욱이
문 밖에 들려오거늘
구태여 말한들 무엇하리
그러나 나는 들 가는 몸
뒤에 날가튼 運命에 우리들을 爲하야
옳고 그름은 것을 밝게 가린다는 法과
博愛와 正義를 파는 그대들에게
나는 두번째 옳고 그름음을 무르랴 하네.

나도 希望의 헛손짓을 미든 날이 있었네
앞날의 福을 꿈꾸며
고요한 봐다 向하는 漁夫와 같이
구름속 숨은 바람
섬 뒤 모여선 波濤를 잊고
소래하며 人生의 첫 노를 저어본 일이 있네.

진실로 노래하며 人生의 첫 노를 저어본 일이 있네
아름다운 섬이 뒤를 이어 나타나더라니
첫 섬에서 쌀과 섬을 얻었고

둘째ㅅ섬에서 어엽분 안해를 얻었고
셋째ㅅ섬에서 귀여운 딸과 아들을 얻겠네
그래 나는 내 노래를 부르며
順風에 돗을 달고 떠나 갓더란밖에.

진실로 順風에 돗을 달고 떠나 갓드란밖에
그러나 바다우 웃음이 사라질 때
내 뒤에 山같은 물결이 있었네
希望이 제그림자은 감출 때
내 앞에는 絶壁같은 絶望이 솟았었네
그래 나는 내 힘을 다하야
물결 높은 人生의 바다에서
금시라도 깨여질 듯한 적은 배를 잡고
그 날을 싸왔었네 그 이튼날도 싸왔었네
날 가는 것도 잊고 싸왔었네
몃 해나 되었든고.

진실로 날 가는 것도 잊고 싸왔었네
그러나 나를 바린 하날은 바람재일 줄을 모르네
나를 내진 따는 絶壁 채여줄 줄을 모르네
그래 나는 내 동모를 붏었네
눈물과 義理 있다는 내 同胞
아니 내 兄弟를 붏었네
하날과 따의 저 바림받은 나는
목이 터지도록 내 兄弟를 붏었네.

진실로 목이 터지도록 내 兄弟를 불었네
처음 지난 사람 나를 몰은다 하데
다음 지난 사람 나를 비웃고 가데
그 다음 사람 나를 박차고 가데
그래 나는 하날의 버림을 받고
따의 내침을 받고
맞음내 사람의 저바림 받음을 알았었네.

그래 나는 떠는 안해 우는 어린 것들을 다라고
눈보라치는 어느 날 저녁
나의 갈든 땅을 잃고
의지하는 집을 잃고
빈 거리에 쫓겨나왔든 것일세
그리하야 우리는 길잃은 양과 같이
아니 눈쌓인 벌판우의 주린 이리와 같이
살 길을 차자 헤매었었네.

진실로 살 길을 차자 헤매었었네
祖上의 끾여준 貴엽나는 것
同族이 잃어준 고읍다는 것
禮義 廉恥 信仰 모든 것을 잊고
다만 주린 배를 채우랴
東으로 西 또 南과 北으로
언 발을 굴으며 싸다니었었네.

진실로 언 발을 굴으며 싸다니었었네
낮에 싸다니었었네 밤에도 싸다니었었네
여흘을 싸다니고
스므날을 싸다니었었네
그러나 거리에는 찬 눈만 쌓였고
하날에는 무서운 바람만 불드라니.

그때 나는 마지막으로 한 가지 일을 생각하았네
첫 날 하랴 하았네 내 맘이 못하게 하데
둘째ㅅ날 하랴 하았네 내 안해가 못하게 하데
셋째ㅅ날 내 안해는 잠잣고 있데
내 마음은 모른다 하데
그래 나는 떨며 한 가지 일을 하랴 떠났었네
아ㅡ 나는 내 손에 쇠고리가 채어질 때
비롯오 길 넘는(丈餘) 담 뛰어넘은 줄을 알았었네.

(「朝鮮日報」, 1930년 11월 30일)

殺妻囚의 質問 (2)

진실로 나는 내 하는 일을 몰았었네
그러나 내 말을 믿어줄 자 누구인고?
나는 一年의 獄中生活을 하얐었네
봄이 가고 녀름이 가고
가을의 나무닢이 떨어지고
다시 눈조각이 들우에 나릴 때까지
내 안해 내 딸 그리고 내 아들을 생각하며
키 높은 벽돌담만 바라보고 一年을 지났드라니.

진실로 안해와 딸 그리고 아들을 생각하며
키 높은 벽돌담만 바라보고 一年을 지났드라니
그러나 一年이 十年의 白髮을 끼여주고 간 날
나는 나흘도 담 높은 獄밖에 서 있었네
그러나 나의 갈곧은 어듸였든고?
天地가 넓다 하나 내 갈곧은 어듸였든고?
내 안해 내 딸 그리고 내 아들 뉘였든 자리엔
이 겨울 온 눈만 쌓여있었을 것이 아닌가?

진실로 이 해 온 눈만 쌓여있었드라니
그래 나는 내 안해를 부르며
내 딸 그리고 내 어린 놈을 부르며
밤과 낮으로 거리를 헤매였드라니

거리에는 안해도 만테 딸도 만테
그리고 어린 놈들도 만테
그러나 내 딸은 없데 내 어린 놈은 없데
그리고 내 안해는 보이지 아니하데.

진실로 내 안해는 보이지를 아니하데
아ㅡ 기리 보이지를 아났돈들…
친구들!(마지막으로 가는 나이니 우리말의 그리운 이 한 마듸를 쓰게 하게)
거적을 쓰고 울음 반 웃음 반으로
아지 못할 제 말만을(그러나 그 말 속에는)
어린 것들의 일음이 반이나 되데
人海中 떠들고 있는 것이
아! 불상한 내 안해였드라니
지아비를 여이고 자식을 잃고
실성해 人海中 떠들든 것이
고옵든 지난 날의 내 안해드라니
그대들 눈에도 눈물이 고이네그려
아ㅡ 눈물 흘릴 수 잇든 옛 때가 그립고나!
밎였서도 귀엽든 내 안해가 아닌가?

그래 나는 그리든 내 안해를 안고
어느 다리밑에 숨어 있었네

맞이 꺼지랴는 초ㅅ불의 마지막 '반작'임 같이
맑은 精神이 내 안해를 찾아들ㅅ제
그는 나를 부르고 내 뺨을 어루만으며
내 딸은 굶어 내 아들은 얼어 죽든 말을 하고
목을 놓아 울드라니 그리고
내 귀에 '죽엄'의 '부드러움'을 말하드라니.

진실로 '죽엄'의 '부드러움'을 말하드라니
그럴 때마다 우리 뒤에는
우리를 救하랴는 검은 그림자가
딸을 버리고 섯는 것 같드라니
진실로 情다운 친구를 부르듯
내 안해가 '죽엄'의 일음을 부를 때
내 귀에는 窓 밧에 있어 나를 부르는
그리운 音聲이 들리는 것 같드라니.

진실로 부드러운 音聲이 들리는 것 같드라니
그래 나는 忠實한 지아비로
내 안해의 마지막 願을 드러주었네
나는 이 손으로 내 안해의 목을 졸으고
내 목을 매여 다리에 달았드라니.

진실로 내 목을 매여 다리에 달았드라니

그러나 나를 속인 世上은
다시 나를 救한다는 美名으로
내 마지막 길을 막았었네
그리하야 내 손이 내 목 졸을 自由를 잃고
내 발이 물에 뛰어들 틈이 없는 동안
말은 가랑닢 같은 내 목숨은
이 썩은 등걸에 닳여 있는 것일세
그러나 나는 얼마 아니 하야 내 길을 가리라니.

진실로 얼마 아니 하야 나는 내 길을 가리라니
내 갈든 밭에 다시 풀이 푸르고
내 나무 비든 山에 예 울는 뻡국이가 운다 해도
나는 보고 듯지 못할 내 길을 떠나 가리라니
그러나 나는 내 떠나기前 또 한번
옳고 긇은 것을 밝게 가린다는 法과
博愛와 正義를 파는 그대들에게
뭇노니 '나는 眞實로 罪人인가?'

(「朝鮮日報」, 1930년 12월 1일)

그러나 거문고 줄은 없고나

바다ㅅ가 깨여지는 물결
山모루 설레는 바람
들로 나리는 물 다 함ㅅ긔
이 나라엔 노래하는 이 없느냐
잇거든 나오라 외치는고나.

幸여 날다려 그림 아닐ㅅ가?
그래 나는 가슴을 뒤지고 잇네
그러나 아— 거문고의 줄은 없고나.

물결은 뒤 너머 질을 치고
하날엔 노염만이 가득한 이때
풀닢가튼 배ㅅ조각 잡고
'죽엄' '삶'에서 날뛰는 이들
이곳엔 風浪재는 曲이 없느냐
잇거든 어서 타서 잠재라 한다.

아마 날다려 저림 아닐ㅅ가
그래 나는 가슴을 뒤지고 잇네
그러나 아— 거문고의 줄은 없고나.

물 녹고 모래도 타는 이때
뷘 농의 인 안악네들이

강마른 우물ㅅ가 모혀
이곳엔 샘 자낼 曲이 없느냐
잇거든 어서 타서 자내라 한다.

혹시 나다려 타람 아닐ㅅ가
그래 나는 가슴을 뒤지고 잇네
그러나 아— 거문고의 줄은 없고나.

말 못는 서른 앉고
이세상 헤매는 몸아
가엽슨 내 넉아!
이곳엔 네 恨마칠 曲이 없느냐
잇스면 그 曲을 타리 누군고.

내 너 위해 그 曲 타랸다.
그래 나는 가슴을 뒤지고 잇네.
그러나 아— 거문고의 주른 없고나.

(「朝鮮日報」, 1930년 11월 16일)

失題

뜰 압헤 꼿을 보라
그다지 곱던 쐒이
지난 밤 빗바람에
자최조차 슬엇나니.

하날에 璞玉城을
두렷이 쌋던 구름
숙엿다 다시 보니
다만 蒼天뿐이로다.

千萬代 누릴 듯이
돌 짝가 싸은 城도
五百年 머다하고
이울지 아니턴가

모다가 대와 흘러
긋칠 줄이 업스매
그 속에 우리 人生
또 이럼 恨이로세.

풀ㅅ끗헤 이슬이라
하염업슨 人生이니
엇는다 무엇하며
일른다 그 엇더리.

밉대고 곱다해도
짜른 百年안 일이오
놉다도 낫다해도
하날아래 뫼일이니.

모다가 虛蕩함이
滄海의 一泡일세
百年이 如春夢을
속절업는 삶임으로.

크옵신 '절로'속에
쓴 뜻글 이 一生을
마음이 하자는 대로
울다 웃다 갈가나.

(「梨花」, 2호, 1932년 12월 21일)

어이 넘어 갈가나

어두운 人生路라 되나된 그 비탈을
나홀로 외작지로 어더듬 압을 차자
半이나 이울엇다 二十이오 有八을
어휘여! 엇지엇지 내 지나를 왓노라.

지나온 그 뒷길을 내 도라다 볼ㅅ가나
二十八年 하옴에 짓틈이 그 무엔고
조각배 큰 바다를 지나감도 갓하야
滄浪만 넘실넘실 자최도 예업세라.

외로운 등ㅅ불이 지난 뒤도 갓하야
압ㅅ뒤는 다시 자욱 사방이 밤쌘이니
남은 生 그 얼매랴 혜며 가히 알 배로되
어두운 이 人生路 어이 더듬가랸고.

내 쌘이랴 동모야 그대 어이 가랸고
고닯은 저 몸으로 어이 이 길 가랸고
그 무건 짐을 지고 강마른 저 다리로
돌 만은 이 놉흔 재 어이 넘어가랸고.

(「梨花」, 20호, 1930년 12월 21일)

내 生命의 참詩 한 首

그대 앞 깜박어리는
내 生의 초ㅅ불도 꺼질 때가 올 것이 아닌가.
그때 아— 이 초ㅅ불이 꺼지랴 할 그때
갸륵한 그대여 내 마즈막 자리로 오게
그리하야 내 마즈막 선물을 밧게
오즉 그대만을 주랴하야
가장 깨끗한 때 피와 눈물로 써 두엇든
내 生命의 참詩 한 首를
마즈막 선물로 밧게.

내 초ㅅ불 꺼진 後 내 선물 펴보아 주게
내 넉의 말못하든 呼訴
내 넉의 못 아뢰든 서름
내 넉만이 알든 목마름
내 넉만이 품엇든 怨恨
다 썩어 재된 그 자리에
무덤우 피는 山菊花가티
피여난 내 生命의 참詩 한 首를
그대 홀로 펴보아 주게

그때 그대는 나를 보시리
썩은 풀덤이 가튼 내 살림살이에
반듸ㅅ불 가티 깜박어리는

내 넉을 보시리
장터에서 혼자 것든 나를 보고
너털웃음속 울든 나를 보고
춤추며 한숨짓든 나를 보리
사라오든 내가 아닌
살랴하든 可憐한 나를 보시리.

그때 그대는 나를 아시리
내 모든 것을 아시리
왜 내가 머리를 흔들든가를 알고
왜 내가 떨든가를 알고
왜 내가 가든 길 멈추고 두런거리든가를 아시리
왜 내가 山을 따르고 바다를 그리워하고
밤中만 혼자 이러 앓젓든가를 아시리
왜 별을 바라보고 왜 내 옷자락이
마를 때 없엇든가를 아시리

그대 앞 깜박어리는
내 生의 초ㅅ불도 꺼질 때가 올 것 아닌가
그때 아— 이 초ㅅ불도 꺼지랴 할 그때
갸륵한 그대여 내 마즈막 자리로 오게
그리하야 내 가슴속 감춰두엇든
내 生命의 참詩 한 首를
마즈막 선물로 밧게.

내 초ㅅ불 꺼진 後
그 선물 펴보아 주게
그대 홀로 읽어주시게
그대 우시랴는가 눈물도 고마우리.
그대 웃으려나 웃음도 반가우리
아 ― 다만 '알앗노라' 웨처주게.

(「東亞日報」, 1931년 12월 19일)

적은 그 자락 더 적시우네

눈 뿌리는 담모통이에
내 어린 것들 모여 안자
오늘도 떨며 우는 것 좀 가없은가
그 젖은 뺨 싳어줄가 하야
내 옷자락 드렷섯네
그러나 아— 그 적은 자락
이미 내 눈물로 펑하이 그려.

된 벼랑 위태론 길
내 늙은이들 오르노라
오늘도 헐덕이는 것 좀 죄송한가
그 마른 목 추겨드릴ㅅ가 하야
내 물병 기우렷섯네
그러나 아— 그 적은 병이
내 목마름에 다하얏네 그려.

냄새나는 진흙수렁에
내 누이들 빠진 채로
오늘도 목노아 부르는 것 좀 가없은가
버린 손 잡아볼ㅅ가 하야
내 짜른 팔 뻣엇섯네
그러나 아— 잡도 못하는 이 몸
나마자 그 수렁에 빠젓네 그려.

끄을 손 없느냐
나는 수렁에 드러 소리치네
남은 물 없슬ㅅ가
나는 빈병을 두다려보네
그리고 자락좁다 우는 눈물로
젓은 그 자락 더 적시우네.

(「東亞日報」, 1931년 12월 22일)

無 題 (1)

바람 내 뺨을 씻고 가다
바라보니
나무ㅅ가지만 흔들리고
그 모습 찾을 길 없어라.

어덴지 잇으련만
아득하여
눈결에 본 그 사람 같이
기리 자최 모르게 되다.

千年 萬年 잇노라면
그 바람은
내 무덤우 풀일망정
씻고 갈듯 하다만은.

(「東方評論」, 1호, 1932년 4월 1일)

無 題 (2)

그대는 그대 발밋헤
썩은 등걸가치
散散히 부서진
식검언 뼈ㅅ조각들을 모지 않나
아ㅡ 그리고 저것이
제 平生 살고 간 한 사람의
이 世上 남기고 간 모든 것인 줄을
그대도 아시지 않나
저 뼈마저 없어질 것 아닌가
오늘 바람이 불고
래일 비가 오면
모래우에 친 그대 발자욱이
잠시 밀려갓다 다시 밀려오는 물결에
흔적없시 씩겨 가듯이
제 平生 살고 간 그의 저만 짓흔 것조차
기리 사라질 것 아인가
그 사람의 일흠은 무러 무엇하나
또 그의 平生事를 뉘라 알ㅅ고,
다만 그대나, 나와 갓치
그도 웃고, 그도 울다가
사라지는 아츰 안개와 함ㅅ긔
그의 一生의 숢도
사라젓다는 것만 記憶하세 그려.

저 어웅한 구멍속에
두 눈ㅅ동자가 들엇슬 것 아닌가
그 동자에 아름다운 것과
귀한 것이 비최고,
미운 것과 더러운 것이 비최ㅅ슬 것 아닌가
깁븜에 반작이기도 하고
로염에 번득이기도 햇슬 것이지.
그러나, 그 아름다운 것,
그 귀여운 것,
그 깁븜, 그 로염 다 사라진 이때,
玲瓏튼 그 눈ㅅ자위마자 없고
다만 버러지도 실타 할
컴컴한 궁멍만이 남이엇네 구려.
여긔 귀가 잇고,
여긔 코가 잇섯고,
그 귀로 새소리를 드럿고,
그 코로 꽃香氣 맛핫슬 것 아닌가.
그러나 그때 울든 새소리 끊이고,
그때 피엿든 꽃 떠러진 이때
그 귀와 코의 옛 모습도
다시 못 보겟네 그려.

여긔 입술 잇든 곳이 잇네

그 입술 그려 하든 사람도 잇섯슬 것 아닌가
그러나 아— 그 입술마저 없어진 이때
그리든 그 사람은
지금 어느 靑山 누엇슬고.

팔은 둘러 무엇하나
大氣는 고요하야
波紋 하나 남ㅅ지 안은 지금에
부슬러진 뼈조각만이
흙우 구러저 잇는 것을
발은 굴러 무엇하나
大地는 默默하야
餘響조차 긋친 오늘에
썩다 남은 뼈조각만이
저러케 버러저 잇는 것슬.

우리와 저 사람 사이를 百年이라 하세
一瞬이지
때 되면 그대도 가리 나도 가리
달 밝은 空山子規 슯허 울ㅅ제
그대 그곳에 저러히 되리
나도 그곳에 저러히 되리
寂寞한 일일세.

그러나 나 네 긔다리는 사람이 잇다면서
어서 가보게
발서 해지는 줄을 자네 모르나.

(「東方評論」, 3호, 1932년 7월 1일)

無 題 (3)

—萬寶山慘殺同胞弔慰歌鍊習하는 것을 듯고—

젊은 깃븜에 뛸 너의가 아니냐
꼿다운 웃음에 넘처야 할 너의가 아니냐
즑어워하여야 할 너의
五月의 노래를 불러야 할 너의들이 아니냐
깁븜의 노래 불러
이 江山 웃게야 할 너의들이 아니냐.

이 江山 웃게야 너의어늘
꽂과 향긔로
이 江山 웃게야 할 너의여늘
너의들은 눈 오는 이 저녁
바람을 마즈면서
눈물의 노래 부르는구나.

아— 즑어운 노래 부를 너의로
눈물의 弔慰歌 부르는구나
가신 兄弟의 일흠 부르며
눈물의 노래 부르는구나
아— 떨리는 그 音聲 못맷처
그 노래 끚맷지좇아 못하는구나.

웃어야 할 몸으로
울며 노래 부르는 내 누의들아

맺친 목 가다드머, 눈물 씻고,
그 노래 맛처다오
그 노래 듯는 이 二千萬
그 노래 듯고 우는 이 二千萬
한씩 흐득이는 소리 들리니
너의 心臟 거문고 삼아
눈물씻고 그 노래 마처다오.

너의들 노래듯고,
저 山이 울고
저 바다가 울고
마른 풀이 울고
구든 땅이 울고
온누리가 우니
아니 울 이 누구랴.

나도 울거니와
깁븜의 노래 불러
이 따 웃게야 할 너의
왜 눈물의 노래로
이 江山 울려야는가.

(「新東亞」, 17호, 1933년 3월 1일)

無題 (4)

十年 기른 至誠樹 버혀
한間 집을 짓다
너다려 살라 하엿더니

너 떠나가다, 그날
불질럿으니
그만이엇을 것을
너 왜 오늘 뷘터에 울어
재도 안남은 그곳에
回顧의 눈물 짓게 하느냐.

(「新東亞」, 18호, 1933년 4월 1일)

무지개도 귀하것만은

무지개도 귀하것만은
강랑밭이 마르기에
비 오라 햇네
급긔야, 바람불고, 비나리니,
무지개 스러진 검은 하날,
처다보는 이 눈에
눈물이 왜 고이나.

달빗도 조컷만은
숨어야 할 몸이기에
쓴 달 지라고 햇네.

급긔야 달 떠러지고,
밤만이 깁흔거리
것는 이 눈에
눈물이 왜 고이나.

쌂의 탑 알들하것만은
인생로 짐이 되길래에
허러바다에 더 젓섯네.
애닯다, 갈 줄 모르고,
아즉도 떠도는 녯 쌂의 조각
바라보는 이 눈에
눈물이 왜 고이나.

(「新東亞」, 18호, 1933년 4월 1일)

斷 想

가면 그만일다,
웃어 노코
하염없이
넘는 해 보는 내 마음
나는 몰라라.

(「新東亞」, 18호, 1933년 4월 1일)

祈願

무쇠 검타만 마소
달구면 녹아
太初의 목숨 볅어튼
溶鑛으로 도라가나니.

님이어 그대 純情으로
이 넋 還元시킨 후
님의 원하시는 그릇
만들지 않으랴오.

(「東光叢書」, 2호, 1933년 7월 1일)

그대가 누구를 사랑한다 할때

그대가 누구를 사랑한다 할때
그대는 결국 그대를 사랑하는 겔세.
그대 넉의 그림자가 그리워
알들이 알들이 따라가는 겔세.

그대 넉이 허매지를 안켓는가
허매다 그 사람을 찾앗다 하네
그 사람은 그대의 거울일세.
그대 넉을 비최는 분명한 거울일세.

그대는 그대 그림자를 보고
그 그림자를 거울만 녀여 사랑하네.
그래 그 거울을 사랑한다 하네.
그 사람을 사랑한다 맹서하게 되네.
그러나 그대 그림자 없스면
그대는 도라서 가네.

그대가 그 사람을 부족타하고 가지 안는가.
그대 넉 못빗최는 구석이 잇는 까닭일세.
지금 그대 넉은 또 길을 떠나네.
누군지 모를 그 사람을
또 찾아 허매러 가네.

그대 넉 온통을 비췰 거울이 어듸 잇나
그대 찾는 정말 그 사람이 어듸 잇나
찾다가 울고 울다가 또 찾아보고
그리다가 찾든 그대 넉 좃차
어듼지 모를 곳 가바릴게 아닌가.

(「新東亞」, 19호, 1935년 5월 1일)

盟誓

님이어 내가 잇지 않소
거리의 불 다 꺼지고
산과 물, 어둠속에
모습 감췻으나
절망에 떠난 님의 앞에는
지성의 내 촉불이 잇지 않소.

(「東光叢書」, 2호, 1933년 7월 1일)

펜(「斷想一束」 ②)

절름바리 '펜'의 멱살을 잡ㅅ고
캄캄한 作造의 漆夜를 끌고 나와
'잉크병' 아갈바리에 태맹이를 치다.

오늘도 새벽부터
괴(蟹)침같은 서름
不平의 이지랑개미

깨진 고불통 鬱憤을
原稿紙場터에 버려 놓고
싀드러 너머진 장돌뱅이
불상한 내 늙은 친구여!

(「新東亞」, 26호, 1933년 12월 1일)

저놈의 독수리(「斷想一束」 ③)

후어이 저놈의 독수리!
알병아리들을 어데 숨기나?

(「新東亞」, 26호, 1933년 12월 1일)

비러먹을 놈(「斷想一束」 ④)

비러먹을 놈
일것 힘드려 싸은 탑을
구지 헐랴다가
똥밧게 못든 대구리가
千窓萬戶가 되엿고나!

(「新東亞」, 26호, 1933년 12월 1일)

無題吟二首

(1)

어느 긴ㅡ 담밑을 것고 있었노라
해는 쨍쨍하나 바람이 불고
살을 어이는 듯 날이 추었었노라.

주머니에 드렀든 귤 하나를 내어
깐 껍즐을 무심코 던젔을 째!

오르르 나와
껍즐을 줏는 아해 하나
보니 담녚 양지에 쪼그리고 앉엇든
오륙세 밖에 못된 헐벗은 아해였노라.

내 먹으랴든 것을 주고
무렀더니 어제 저녁에
밀기우리 죽도 마자 먹고
오늘은 종일 굶어
해쬐러 나왔노라는 아해의 말!

나는 두 눈이 뜨거워졌었노라
오래간만에 정말로 울었었노라.

그리고 반나잘이나 더운방에서
主義, 道德, 人情을 떠든

내 가련한 꼴을 부끄러워 하얐노라.

(2)

우리 겨레는 왜 氣力이 없나
왜 그리 죽은 상 밖에 하지를 못하나
왜 그리 無表情한가
동모야, 이런 嘆息을 그만두세.

사람들이 나를 독하다 하네
事實 내 앞에 '죽엄'이 눈을 부릅떠도
웃을 것도 같네
왼누리가 奈落의 아가리로
떠러지는 瞬間
노래 한 마디쯤 부를 것도 같네.

그러나, 동모!
만일 내게 남은 쌀 한 톨이 없고
남은 나무 한 가지가 없고
알든 사람 피해가고
파러바릴 '이즈랑개미' 하나 없을 그때!

그리고 내 박아지에 붙엇든
마즈막 밥알이 없어진지 오랜 그때…

내 어린 것이
'배곺아 밥 주어' 운다면
내 독하다는 마음이 무엔가
그 자리에 엎어저
뼈가 녹아나릴 걸세.

저들이 하로도 몇 번이나
이런 무서운 소리를 듯나
無氣力 無表情은 커냥
사라만 이라도 있는 그들의 心臟이
鐵石보다 굳지 안은가.

(「新東亞」, 28호, 1934년 2월 1일)

無題 三首

(1)

바다의 閨房같이 고요한 이 새벽에
저 헛것 또 나를 끄으노나
苦惱의 가시밭 우에
피ㅅ자욱 치는 불상한 마음이어.

저 뒤에 갈 길이 있고
부를 노래도 있으련만
앞 막는 안개,

숨 막는 연긔
어둡고나
목이 잠기노나.

그적게 내 넉 氣絶하고
다음 날 또 그러하야
어제가 가다.

저녁되면 吊鐘으로 變할
새벽의 저 쇠북소리

싸늘한 거리 우에
구는 가랑잎같은
가련한 내 혼백이어!

(2)

문을 두드리다
대답없이 그날이 가고

또 문을 두드리다
역시 대답없는
오늘이 갑니다.

님이어!
請牒은 보내시고
문 닫은 채
어될 가셨오.

(3)

가라…웃어 보내고
…혼자 울엇노라.

(「中央」, 2권 1호, 1934년 1월 1일)

孤寂

별 몇개
하늘은 빛이 없다.

달빛
잠드른 바다.

아득한 발자욱은
꿈에 본 꽃닢일다.

그 사람은 어덴지…
그림자 하나.

(「新東亞」, 28호, 1934년 2월 1일)

우리 길을 가고 또 갈까

우리 길을 가고 또 갈까

꽃을 다 어떻게 찾아가나
별의 窓뒤의 별의 窓뒤의 별의 窓뒤의 별의 窓,
다 어떻게 '넋' 하나,
샘의 '나'와 '너'와 '그'가 모다 부르는데…
모래알과 모래알의 通路가
안개같이 자욱이 얼켰네.

아ㅡ, 넋아 네 鄕愁는
길과 함끠
끝없이, 끝없이, 끝없이 悠長코나.

(「文學」, 2호, 1934년 2월 1일)

自殺風景 스켓취

희고 긴 線, 희고 긴 幅, 희고 긴 廣 건너
劃하나, 落下의 法則 排除하고.

抛物線 그리는 저 어인 푸른 一點인고!
피여오른 건
破滅, 忘却의 黑芍藥이여라.

地心에 난 二葉草,
'엘레지'의 서거푼 香氣
嗅覺의 그늘진 비탈에 시드네.

(「文學」, 2호, 1934년 2월 1일)

即景

밤새 눈 나려
素服한 아츰 일다.

齋戒한 길을
네 어이 망치는다
장난ㅅ군의 개 한 마리여!

놈의 짓이 엇지나 구수한지!
彈力튀는 그 體軀

눈(雪)덩이 물고
바라보는 눈(眼)
엇지나 純眞한지…

와락 놈의 목 안고
한바탕 굴고 싶다.

못이룰 所願
까마득한 寂寞의 憧憬이어!

(「中央」, 2~4호, 1934년 4월 1일)

反逆(「宇宙와 나」 ①)

나는 뚜렷한
내 獨自의 存在로다.

無限大의 네 富力이
一分評價인들
내게 시길 길이 잇스랴.

太陽, 별, 구름, 쏫과 그늘
季節의 獻壇 위 버려노코
오늘도 내 觀心사려다…

내 씀찍 씀찍한 冷酷에
失戀한 處女가티
너는 맥이 풀리다.

(「新女性」, 8권 6호, 1934년 6월 1일)

敗 北(「宇宙와 나」 ②)

空間의 폭을 찟다 찟다
힘진하야
네 깔깔 우슴 드르며
쓰러젓노라.

아— 너는
내 靈의 발목감는
얄미운 거미ㄹ다.

(「新女性」, 8권 6호, 1934년 6월 1일)

憧 憬(「宇宙와 나」 ③)

적은 돌 하나,
그 다려 山을 괴랫지오.

비ㅅ방울 나려저
주린 풀 젓먹이고
노래하는 시내의
鍵盤되게 하얏지오.

이 기픈 골의 꼿송이
나비시켜
가보라 하시고.

왜 내 넉의 손은
못보신 것처럼
오늘도 거저 지나가오.

(「新女性」, 8권 6호, 1934년 6월 1일)

無題(5)

그는 사람이 오고가고 하는 거리에서,
나를 본체 만체하고 지나갑니다.
그는 안개거치는 아츰,
산기슭에 나를 보고,
힌 모래우, 물결 속삭이는 바다ㅅ가에서 나를 봅니다.
그가 나를 안보는 곳이 어데리까.

그는 日記속에,
발서, 오–래 오–래前
나를 잊었다 적었읍니다.
그러나, 이는 그의 悲歌입니다.
그의 心臟壁에 피로 삭여진 내 이름을
지우랴는 헛된 努力의
애달픈 詩입니다.

그는 몸을 없이 해,
슬픔과, 괴로움과,
이루지 못할 憧憬을
벗어났읍니다.
그날 勿論, 내 花壇에도 어둠이 나려
힘과 希望의 남은 싹이 스러졌읍니다.
그래 그는 죽엄속에 삶을 얻고,
나는 '이름'속에 完成한 것입니다.

(「詩苑」, 2호, 1935년 4월 1일)

그대들에게

내 無聊를 웃는가.
그러나 그대 '표말'부터 세울게 아니뇨.

그렇게 染色집 빨래줄 처럼
다른 色布를 내걸어서야
그대집 이름을 어찌 알ㅅ고.

그대네 안ㅅ방엔 門牌와 얼토 당토 않은 놈이 있기로
나는 또 구지 내집으로 왔다.

南山 허리를 감도는 소리개 뜻을 깨다른 이제
혼자 고누판을 셋이나 그렸다.

(「新東亞」, 53호, 1936년 4월 1일)

한것 적은 나

모래 한알의
歷史와 希望을 쓰랴도
온장 하늘이 좁으리라.

한것 작은 나
그래도 飛躍을 꿈꾸나니…

큰 江 흘겨보며 헤염치는 송사리 같이
나는 온 '누리'에 大膽도 하도다.

(「朝鮮文學」, 9호, 1936년 9월 1일)

박첨지와 낫잠

六月의 한나잘
장다리 꽃에
나비 춤이 무겁다.

이따금 바람이 불어
느틔나무 그늘이 어질러진다.

半나잘의 疲勞가
송이송이 박꽃처럼 피었드라.

일어나 늙은 視線이
비 실은 구름장을 地平線 우에 더듬는다.

한골작이의 閑暇로움이 그대론 不足하냐?
송아지는 철없는 歌手,
詩에 늙은 귀에
찰아리 번거로운 藝術일러라.

담배ㅅ대를 떤다.

저녁에 구수할 아욱국의
마누래 장솜씨가 대견해,
왁살마진 주름속에
그래도 薔薇의 微笑가 되노나!

(「百光」, 3·4合併호, 1937년 4월)

山과 나 (「'렌스'에 비친 가을 表情」 ①)

네 품에서의 疲勞가 단샘같이 그리워, 또 하로 流浪에, 스스로 고달프다.

(「東亞日報」, 1937년 10월 21일)

沈 默 (「'렌스'에 비친 가을 表情」 ②)

님은 말하지 안는다.
沈默의 옷자락에 이마를 부빌 뿐. 그러면 님의 이야기는 永遠해, 내 靈魂은 蓮꽃처럼 펴난다.

(「東亞日報」, 1937년 10월 21일)

森 林(「‘렌스’에 비친 가을 表情」③)

自然은 본시 放蕩한 詩人,
‘太初’의 술이 이곳에 익엇다.
蘇苔의 閨房에,
나는 新婦처럼 수집어….

(「東亞日報」, 1937년 10월 21일)

岩 壁 (「'렌스'에 비친 가을 表情」 ④)

네 態度가 새침할사록 내 情熱은 자랏다.

(「東亞日報」, 1937년 10월 21일)

暴風雨 (「'렌스'에 비친 가을 表情」 ⑤)

어둡다. 골을 휩쓴다. 岩角이 깨여젓다. 山도야지놈도 띤다. 시내들의 말소리가 커젓다.
아― 男性의 咆哮, 나는 숨을 크게 쉰다.

(「東亞日報」, 1937년 10월 21일)

閑 居(「'렌스'에 비친 가을 表情」 ⑥)

岩盤을 흘으는 淸列, 새가 운다. 구름도 간다. 이름없는 꽃은
사랑해 못쓸가? '가제'도 돌밑을 나섯다.
꿈에도 이곳을 그려해, 내 欲望은 슬프다.

(「東亞日報」, 1937년 10월 21일)

無題 (6)

바람 내 뺨을 씻고 가다.
바라보니
나무ㅅ갓이만 흔들리고
그 모습 찾을 길 없어라.

어덴지 있으련만
아득하여
눈결에 본 그 사람같이
기리 자최 모르게 되다.

千年 萬年 있노라면
그 바람은
내 모덤우 풀일망정
씻고 갈 듯 하다 많은.

(「學海」, 1937년 12월)

묶음 : 둘

「望鄕」

月波의 유일한 시집 『望鄕』의 표지(表題 自筆)

南으로 窓을 내겠오

南으로 窓을 내겠오.
밭이 한참가리
괭이로 파고
호미론 풀을 매지오.

구름이 꼬인다 갈리 있오
새 노래는 공으로 드르랴오
강냉이가 익걸랑
함께 와 자셔도 좋소.

왜 사냐건
웃지요.

서그픈 꿈

뒤로 山
숲이 둘리고
돌ㅅ새에 샘 솟아 적은 내 되오.

들도 쉬고
재ㅅ빛 메뿌리의
꿈이 그대로 깊소.

瀑布는 다음 골(谷)에 두어
안개냥 '靜寂'이 잠기고…

나와 다람쥐 印친 산길을
넝쿨이 아셨으니

나귀 끈 장ㅅ꾼이
찾을리 없오.

'寂寞' 함께 끝내
낡은 거문고의
줄이나 고르랴오.

긴 歲月에게
追憶마자 빼앗기면

풀잎 우는 아츰
혼자 가겠오.

노래 잃은 뻐꾹새

나는 노래 잃은 뻐꾹새
봄이 어른거리건
사립을 닫치리라
冷酷한 無感을
구지 祈願한 마음이 아니냐.

장미빛 구름은
내 무덤 쌀 붉은 깊이어니

여러해 나는
소라(靑螺)같이 서러워라.

'때'는 지긋어
꿈 심겼던 터전을
荒廢의 그늘로 덮고…

물 깃는 處女 돌아 간
黃昏의 우물ㅅ가에
쓸쓸히 빈 동이는 노혔다.

반딧불

너는 靜謐의 燈燭
新婦 없는 洞房에 잠그리라.

부러워 하는 이도 없을 너를
象徵해 왜 내 맘을 빚었던지

헛고대의 밤이 가면
설은 새 아츰
가만히 네 불꽃은 꺼진다.

괭 이

넙적 무뚜룩한 쇳쪼각, 너 괭이야
괴로움을 네 喜悅로
꽃밭을 갈고,
물러와 너는 담 뒤에 숨었다.

이제 榮華의 時節이 이로
봉오리마다 太陽이 빛나는 아츰,
한마디의 네 讚辭 없어도,
외로운 幸福에
너는 호을로 눈물 지운다.

浦口

슬픔이 永遠해
砂洲에 물결은 깨어지고
杳漠한 하늘아래
告할 곳 없는 旅情이 고달퍼라.

눈을 감으니
視覺이 끊이는 곳에
追憶이 더욱 가엾고…

깜박이는 두셋 등잔 아래엔
무슨 團欒의 실마리가 풀리는지…

별이 없어 더 설어운
浦口의 밤이 샌다.

祈禱

님의 품 그리워,
뻗으셨던 敬虔의 손길
걷두어 가슴에 얹으심은
거룩히 잠그신 눈이
'모습'을 보신 때문입니다.

마음의 조각 (1)

虛空에 스러질
나는 한점의 無로—

풀밑 버레 소리에.
生과 사랑을 느끼기도 하나

물 거품 하나
비웃을 힘이 없다.

오죽 懷疑의 잔을 기우리며
야윈 地軸을 스러워 하노라.

마음의 조각 (2)

임금 껍질만한 熱情이나 있느냐?
'죽엄'의 거리여!

썩은 진흙 골에서
그래도 샘찾는 몸이 될가.

마음의 조각 (3)

고독을 밤새도록 잔질하고난 밤,
새 아츰이 눈물속에 밝았다.

마음의 조각 (4)

달빛은
처녀의 규방으로 들거라.
내 넋은
암흑과 짝진지도 오래거니—

마음의 조각 (5)

향수(鄕愁)조차 잊은 너를
또야 부르랴?
오늘부턴
혼자 가란다.

마음의 조각 (6)

오고 가고
나그네 일이오.

그대완 잠시
동행이 되고.

마음의 조각 (7)

사랑은 完全을 祈願하는 맘으로
缺陷을 憐憫하는 香氣입니다.

마음의 조각 (8)

生의 '기리'와 幅과 '무게' 녹아,
한낫 구슬이 된다면
붉은 '독아니'에 던지리라.

心臟의 피로 이루어진
한 句의 詩가 있나니—

'물'과 '하늘'과 '님'이 바리면
외로운 다람쥐처럼
이 보금자리에 쉬리로다.

黃昏의 漢江

'고요함'을 자리인양 편 '흐름'우에
식은 心臟같이 배 한조각이 떴다.

아ㅡ 긴 歲月, 슬픔과 기쁨은 씼겨 가고
예도 이젠듯 하늘이 저기에 그믄다.

한잔 물

목 마름 채우려든 한잔 물을
땅우에 업질렀다.

너른 바다 수많은 波頭를 버리고
何必 내 잔에 담겼던 물.

어느 절벽밑 깨어진 구비런지…
어느 산모루 어렸던 구름의 조각인지—

어느 나무 잎우에
또 어느 꽃 송이우에
나려졌던 구슬인지—
이름 모를 골을 나리고
적고 큰 돌사이를 지난 남아지
내 그릇을 거쳐
물은 제 길을 갔거니와…

허젓한 마음
그릇의 비임만을 남긴
아— 애닯은 追憶아!

눈 오는 아츰

눈 오는 아츰은
가장 聖스러운 祈禱의 때다.

純潔의 언덕우
水墨빛 가지 가지의
이루어진 솜씨가 아름다워라.

연긔는 새로 誕生된 아기의 呼吸
닭이 울어
永遠의 보금자리가 한층 더 다스하다.

어미소(未完稿)

山城 넘어 새벽드리 온 길에
자욱 자욱 새끼가 그리워
슬픈 또 하로의 네날이
내(煙)끼인 거리에 그므는도다.

바람 한숨 짓는 어느 뒷골목
네 수고는 서푼에 팔리나니
눈물도 잊은 네 沈黙의 忍苦앞에
驕慢한 마음의 머리를 숙인다.

푸른 草原에 放漫하던 네 祖上
맘놓고 마른목 추기든 時節엔
굴레없는 씩씩한 얼굴이
太初淸流에 비췬 일도 있었거니…

追憶

젓는 樹陰밖에
달빛이 흐르고,

물에 씻긴 水晶같이
내 哀傷이 호젓하다,

아— 한조각 구름처럼
無心하던들
그 저녁의 濤聲이 그리워
이 한밤을 걸어 새기야 했으랴?

새벽 별을 잊고

새벽 별을 잊고
山菊의 '맑음'이 불러도
겨를없이
길만을 가노라.

길!
아ㅡ 먼 진흙 길

머리를 드니
가을 夕陽에
하늘은 저러히 멀다.

높은 가지의
하나 남은 잎새!

오랜만에 본
그리운 本鄕아.

물고기 하나

웅뎅이에 헤엄치는 물고기 하나
그는 호젓한 내 心思에 걸렸다.

돌ㅅ새, 너겁밑을 갸웃거린들
지난밤 저버린 달빛이
虛無로히 여직 비칠리야 있겠니?

지금 너는 또다른 웅뎅이로 길을 떠나노니
나그네될 運命이
永遠 끝날 수 없는 까닭이냐.

鄕 愁

人跡 끊긴 山속
돌을 베고
하늘을 보오.
구름이 가고,
있지도 안은 故鄕이 그립소.

굴뚝 노래

맑은 하늘은 새님이 오신 길!
사랑같이 아츰 별 밀물 짓고
'에트나'의 傲慢한 '포-즈'가
미웁도록 아름져 오르는 黑煙
現代人의 뜨거운 意慾이로다.

자지라진 '로맨스'의 愛撫를
아직도 나래밑에 그리워 하는 者여!
蒼白한 꿈의 新婦는
골방으로 보낼 때가 아니냐?

어깨를 뻣대고 怒號하는
起重機의 팔대가
또한 켜 地層을 물어 뜯었나니…
'히말라야'의 墜路를 가로 막은 岩壁의
心臟을 화살한 長鐵
그 우에 '메'가 나려
勝利의 灼熱이 별보다 찬란하다.

동모야 네 偉大한 손가락이
하마 깡깡이의 낡은 줄이나 골라 쓰랴?
穿孔器의 한창 野性的인 風樂을
우리 鐵綱우에 벌려 보자

오 雨雷 물결의 咆哮 地心이 끓고
創造의 歡喜! 마츰네 넘치노니
너는 이 '심포니-'의 다른 한 '멜로디-'로
興奮된 琥珀빛 細胞 細胞의
華麗한 饗宴을 열지 않으랴느냐?

가 을

달이 지고
귀또리 울음에
내 靑春에 가을이 왔다.

나

나를 반겨함인가 하야
꽃송이에 입 맞추면
戰慄할만치 그 觸感은 싸늘해-

품에 있는 그대로
理解 저편에 있기로
'나'를 찾을가?

그러나 記憶과 忘却의 거리
明滅하는 數 없는 '나'의
어느 '나'가 '나'뇨.

颱風

'죽엄'의 밤을 어질르고
門을 두드려 너는 나를 깨웠다.

어지러운 兵馬의 驅馳
槍劍의 맛부듸침.
爆發, 突擊!
아— 저 咆哮와 閃光!

攪亂과 混沌의 主宰여
꺾기고 부서지고,
날리고 몰려와
安逸을 享樂하든 秩序는 깨진다.

새 싹 자라날 터를 아서
保守와 阻碍의 醜名 自取하든
어느 뫼의 썩은 등걸을
꺾고 온 길이냐.

풀 뿌리, 나무 잎, 뭇 汚穢로 덮인
어느 港灣을 비질하야

窒息에 숨 지랴든 물결을
일깨우고 온 길이냐.

어느 진흙 싸인 구렁에
소낙비 쏘다 부어
重壓에 울든 단 샘을
웃겨 주고 온 길이냐.

破壞의 暴君!
그러나 洗滌와 更新의 役軍아
세차게 팔을 둘러
허섭쓰러기의 堆積을 쓸어 가라.

霜刄으로 心臟을 헤쳐
사듯, 傲慢, 微溫, 逡巡 에여 바리면
純眞과 潔白에 빛나는 넋이
구슬처럼 새 아츰에 빛나기도 하더니….

묶음 : 셋

「望鄕」 이후의 詩

月波 성장시와 큰 변함없는 왕림리

旅愁 (1)

比叡山 넘어 대(竹)와 으루나무(竹) 길을 걸으며 琵琶湖,
湖水 건너 들, 들 밖에 山,
山넘어 끝이 없이
내 旅愁에 하늘이 連하도다.

生은 짐즛 외로운 것,
고개 숙여 호젓이 것거늘,
너는 왜 물새처럼
追憶의 바다로 나를 인도해
아득히도 돌아갈 길을 잊게 하나뇨.

(「文章」, 2권 9호, 1940년 11월 1일)

古宮

고요함을 한갓 아껴 하듯
조심 古宮에 눈이 나린날,

비들기 마실가고,
아ー 옛빛 肅然히 저므는 뜰을
孤寂을 달래며 홀로 걸었오.

牧丹포기 마른 花壇, 섬돌,
그날의 꿈은 씨껴 가고,
몇 나히로 헤일지, 늙은 杏子樹,
告할뜻 그저 말이 없었오.

(「春秋」, 2~2호, 1941년 3월 1일)

손없는 饗宴

하늘과 물과 大氣에 길려
異域의 동백나무로 자라남이여,
손없는 饗宴을 버리고
슬픔을 잔질하며 밤을 기다리도다.

四十고개에 올라 生을 돌아보고
寂寞의 遠景에 嗚咽하나
이 瞬間 모든 것을 잊은 듯
그 時節의 꿈의 거리를 排徊하얏도다.

少女야, 내 시름을 간직하야
永遠히 네 가슴속 信物을 삼으되
生의 秘密은 비 오는 저녁에 펴읽고
묻는 이 잇거든 한 사나이
생각에 잠겨 고개숙이고
멀리 길을 간 어는 날이 있었다 하여라.

(「文章」, 3권 4호, 1941년 1월)

그날이 오다

山에 올라 妖雲 덮인 골,
눈물로 굽어 보며
그 淫暗 걷히라고
소리 없는 愛國歌에 목메여,
흐득이든 그날을 記憶느냐, 동무야.

이리 굴 메이고,
生命샘 파 濁한 벗 태여가리,
福樂의 千萬年 배달의
답으로 닦으랴든
그때를 回想느냐, 兄弟야.

한 同志의 억울한 呻吟에
얼마나 땅 치며 嗚咽하얐든고

한 아기의 屈辱에 이 악물고
羞耻를 맹서한
鬱憤을 생각느냐, 同胞야.

때는 오라, 아― 피로 산 그날이 오다.
물다리고, 장부대, 터닦을 날이 오다.
군색건, 작건, 내살림
우리 차려볼 渴望의 날이 오다.

어깨 펏고, 노래 처,
그저 나아갈 그날이 오다.

三千萬, 목거야 한줌이 않넘는
우리의 피의 겨레로다.
바다와 학을 닮은 白頭
無窮花 피는 뜰에,
아ㅡ兄弟야
그저 웃으며 세울 그날이 오다.

왜, 줄달음이 없겠는가.
그러나 한등걸의 가지와 가지
진살로 귀엽고,
사랑겨워 發然한 興奮속에
同族愛의 홰ㅅ불은 그래도 크게 타노니,
재 넘어 차려진 大建設의 饗宴찾아,
지튼 어둠길을 의지해 걷다.

(「京鄕新聞」, 1946년 12월 15일)

山에 물에

맑은 아츰 새 노래 아름다워라
꽃냄새에 醉한 놈이 풀빛(草色)에 젓(濕)네.
구름도 쉬여 넘는 山머리에서
千萬里 넓은 들 굽어봅니다.

뉘 서름에 물결은 깨여지는지
아득하다 하늘에 물이 다았네.
浦口를 찾아드는 배를 보고도
마음의 故鄕을 그려합니다.

시름은 물결에 흘려보내고
山에 올라 靈氣로 맘을 닦겠네.
고이고이 天地가 길으는 生을
아끼며 깨끗이 살으랍니다.

(「三千里」, 13권 9호, 1941년 9월 1일)

해바라기

나도 한낮의 맑은 精氣
至極히 微微하나
내 宇宙의 核心이어니…

時空에 超然하고
나를 둘러 世界돈 燦然히 돈다.

내 凝結이 바서지면
어둠과 쉬되
나비도 춤추고
시내물도 웃고
구름과 逍遙하고
赤道아래 우뢰로 아우성치리라.

나를 비웃지도, 어찌하지도 못한다
나는 있기 때문에 없샐 수 없다.

攝理와 함께
새 善美를 計劃도 하려니

나는 아츰 이슬에 젖은
憧憬의 해바라기
아ー 永遠히 福된 絶對로다.

(「文藝」, 1949년 9월호)

旅 愁 (2)

生은 짐짓 虛無의 거리
쌓아도 쌓아도 짙은 것이 없거늘
네끼친 장미 가시에
마음의 부프름이 왜 아풀가?

비긋인 七百里
異鄕의 밤길을 간다
버리는 섬(島)을 버리고
구지 어딜 가는거냐?

(「新天地」, 4~10, 1949년 11월 1일)

鄕 愁

물결 잦은 강변
하늘은 연녹색으로 멀고
안개인양 븜이 휘감겨
실버들이 너울거립니다.

나비 춤 새의 노래
가추가추 아름답소만은
내 마음은 비어
신부 없는 골방
손 없이 벌려진 찬치입니다.

부질없이 鄕愁는 왜 밀려옵니까?
孤獨이 샘물로 가슴에 솟쳐 옵니다.

그 사람의 은근한 귓속말에 젖어
비 바람 골에 궂으나
담뿍 복스럽던 그날을 그리워 하노니—

가슴의 이 초롱불이 꺼지면
봄도 생도 어둡지 않습니까?

(「새한민보」, 3권 23호, 1949년 12월 31일)

하 늘

한 장으로 너그러히 편 하늘
헤일 수 없이 별들이 밝다.

꾸미지 않았다.
그저 홋지다.
말이 끊였다!

太古도 오늘인양 永遠한 젊음
맑음이 넋자락에 맵고녀!

내 生은 부디 저렇고지고
쓰고 싶은 한 首의 詩이기도 하다.

(「民聲」, 6권 1호, 1950년 1월 1일)

스핑크스

지혜를 모아모아,
물질의 호화를 여기 쌓았고나,
'네온'에 어지러운 '뉴-욕'아,
달빛이 저처럼 멀리 여웠다.

샘물 재절대는 숲 깊은 산아래,
내 꿈은 지텄거니,
님아, 거기서 너와 고요함을 누리며,
넋을 늙히리라.

밤새도록 번화의 물결에 떠서
'스핑크스'로 나는 외로웠노라.

(「慧星」, 2호, 1950년 3월 25일)

苦惱

슬픔과 苦惱의 고개 넘어
또 다시 窒息의 구비를 도노니
눈물마저 마른 눈 앞은
깊이 모를 運命의 재빛 구렁이로다.

이다지 쓴 잔일진댄
차라리 비었기를 바란다.
눈보라 急한 살어름의 진펄을
짐 지고 오늘도 온 하루를 걸었다.

오— 生아, 한때일망정,
단 샘ㅅ가, 퍼드리고 쉴 자리가 없느냐?
滄海의 悠悠한 한 마리 갈매기로,
물결 千里, 하늘 千里 희날고 싶은 所願일다.

(「梨花」, 9호, 1950년 4월 1일)

꿈에 지은 노래

붉은 노을 뒷자락 차마 거두지 못한 黃昏
우리 애오라지 할때 無聊를 위로했도다.
莊嚴을 삭여 세운 듯, 山容이 버렸음이여
漢江 七百里 물빛이 銀으로 흐른다.

이 좋은 江山, 어찌 人傑의 뛰어남이 없으랴,
祖國이 지금 우리 일기를 목매여 불으나
차라리, 피의 淋滴를 잔 가득 부어
悲壯, 鬱憤을 노래로 마실가.

(漢江 江가 酒幕에서 ; 1947년 7월 25일 새벽 꿈속 지은 것을 약간 補作하얏다)

點景

후유둠 駱駝 등으로
굽어 나린 壯山밑,
五月 太陽이 봄비이냥
恩惠롭게 흐르고…

竹筍처럼 싱싱한
젊은이 여덟
잉여채 誼좋게
線路를 다듬어라.

두 줄 鐵路 南北으로 달리는 곳
現代意慾이
다북, 살같이 빠르고녀!

너의들의 힘찬 어깨가
꽃잎처럼 나부껴라.
고괭이 함께 나려
조약돌의 音響이 곱고나.

어기어차, 길을 닦아,
大望을 밀고 갈까?
집을 세워라,
나라도 이렁 자라놋다.

땀 흘려
地心을 적시렴아,
가슴에 空虛가 없는 너의들,
눈에 灼熱의 웃음이 잠겼다.

漢江이 아름저 흐르나니
너의들 脉搏인저!
時代도 네것,
젊은이야! 길을 길을 닦아라.

(「아메리카」, 2권 6호, 1950년 6월 1일)

묶음 : 넷

詩調

옛날의 왕림회관의 모습

바 다

바다도 마를 것이 하늘로 변할 것이
무량법계를 말할 이 누구런고!
한점의 일순의 몸을 일러 무삼하리오!

(1947년 10월 18일 오후「아류산」근해를 지나며 「엘린지호」선상에서)

바친 몸

乾坤을 지으시고 이몸을 나셧도다
반만년 대업을 이룩할 날이 오다
홍모로 바친 몸이니 누릴 것이 없어라!

(해방된지 얼마 지나지 아니하여)

失題

그 사람의 은근한 귓속말에 넋이 젖어
비 바람 골에 궂으나 그날이 그리웁다!
가슴의 이 초롱불 꺼지면 봄마자 어두우리!

(재미시절. 작시일 불명)

春怨

박석틔 넘어서니 杏花가 가득하다.
天道는 至公하야 봄은 다시 오노매라
이 겨레 긔다른 봄은 언제 오랴 하나냐.

無情타 石澗水야 네 홀로 흐를 것을
구태여 덧는 꼿을 시러가 무삼하리
멋다 또 흘러가옴을 못내 서러함이라

花壇에 불 밝혀라 꼿과 가티 새랴노라
날 새면 덧는 것을 앗기어 함이로다.
이 몸도 덧는 꼿이니 님아 앗겨주소라.

(「東亞日報」, 1930년 4월 15일)

定界石築을 보고 (白頭山吟五首 ①~②)

木石을 無心타랴 저 돌을 보사소라
北塞 風雪에 丹誠 아니 갸륵한가
義 닞고 節 고친 사람 볼낟없이 하려니

이끼옷 둘러입고 오늘 아직 남앗나니
알괘라 故國恨을 傳코저 함이로다
옛소식 듯는 냥하여 가슴아파 하노라.

(「新生」, 24호, 1930년 10월 5일)

無頭峰에 올라 (白頭山吟五首 ③)

無頭峰에 올랏노라 長白에 해걸렷네
斜陽에 누은 天坪 아득도 한저이고
나그네 峰頭에 서서 갈 길 몰라 하노라.

(「新生」, 24호, 1930년 10월 5일)

白頭山頂에서 (白頭山吟五首 ④)

발밑에 天池靈潭 눈알에 萬里天坪
逶迤 連山이 天涯에 둘렷는데
日邊에 悠悠白雲은 空徘徊를 하더라.

(「新生」, 24호, 1930년 10월 5일)

天池가에서 (白頭山吟五首 ⑤)

靑壁도 그림이요 碧潭도 그림인데
潭가에 앉앗으니 나마저 그림인듯
淸風이 옷을 날리니 畫意分明 하더라.

(「新生」, 24호, 1930년 10월 5일)

어린 것을 잃고

숨이 이미 졌건만은 그래도 품에 안고
뜨눈 밤샘 뒤라 잠이든가 하는구려
어머의 살들한 사랑 깊일 모르옵네다.

괴로운 이 娑婆에 먼저 간 네가 낡다
낡은 네 신세라 구지 잊자 하것마는
눴든 네 자리 볼 때면 가슴 먼저 마키누나.

冬三朔 바람 차고 北邙에 눈 덮이면
가엾다 어린 네가 地下에 어이 자련
오늘도 흙바닥 집고 우는 줄을 아느냐.

머리맡 등만 봐도 좋다 둥둥 하든 네가
호올로 地下漆壁 어두어 어이하랸
이제는 달만 솟아도 갑창 구지 닫으리라.

불 없다 설어 말고 달 밝건 달을 보고
西山에 달이 지건 머리맡 별을 보고
비 구름 별마자 덮건 고이 잠이 들거라.

공괴에 분주하다 참참이 젖부를 때
첫잔든 네 울음을 듣는듯 쟁연하야
너 없는 비인 자리에 몇번 너를 찾앗든고.

(「女性」, 3권 11호, 1938년 11월 1일)

時調 六首

새벽달 城頭에 걸고 淸泉을 길고 드니
君子의 山間樂이 이 아니 足하온가
녜부터 뜻 잇는 손이
날과 갓치 노니라.

東天이 회엿할 사달은 아즉 西城이라
日月이 한ㅅ긔 잇서 이몸을 기루거니
구태여 사람을 차자
求할 줄이 이시랴.

山間에 봄 느즈니 松花가 날리매라
俗客이 차자와서 먼지 인다 하는고야
눈에도 仙과 俗이 잇거니 제 알 줄이 이시랴.

소 치는 저 아희야 弓裔城 내 아는다
十里草原을 그곳이라 하는고야
壯夫의 平生之業도
꿈 깬 뒤와 갓고녀.

洸浦라 너른 뜰에 秋風이 나붓길 제
駿驄을 急히 모라 盡日텃 노닐다가
큰 나무 등걸을 베고
快히 쉬면 하노라.

金剛松栢 버혀 一葉船지여 타고
東海滄波 우에 님다려 노니다가
하날이 날 부르실 제
한ㅅ긔 가면 하노라.

(「梨花」, 2호, 1930년 12월 21일)

病床吟二首

四十平生을 世累와 싸왔도다
가을빛 가득커늘 못 찾는 마음이어
世事의 과시 헛됨을
이제 안 듯 하여라.

城頭의 슬픈 草笛 어느 아해 시름이뇨
秋風이 蕭瑟한데 病 드러 누었으니
心思만 아득히 떠서
갈 길 몰라 하도다.

(「春秋」, 2권 11호, 1941년 12월 1일)

묶음 : 다섯

獨唱歌詞

月波 재직 당시인 1935년대의 梨專 캠퍼스

꽃과 같은…박크

어엽분 꽃과 진주보다도
빛나고 아릿다운 그 자태
어머니 품안에 누으신 아기는
고요히 눈 감고 잠드섯네.
그 귀한 아기 품안에 누어
고ㅡ히 눈 감고 잠드섯네.
그 어린 아기 자라서
부모께 영광 돌리리
영원한 깃븜 되리라.

(「東亞日報」, 1938년 4월 14일)

쯔-발에 거문고를 가졋다면

오- 내게 '쯔-발'의 거문고 잇다면
그의 타든 曲을 본받기로 하련만은
'마리앙'의 美聲이 잇다면
그의 노래속에 질겨라도 보련마는

俗된 나의 曲은 無力한 채
하늘과 그대 德을 讚揚하도다.

(「東亞日報」, 1938년 4월 14일)

어머니가 가르쳐 주신 노래

사라진 오래전 날
어머님이 가르친 노래
어머님 눈시울엔 눈물이 어렸엇오
흔이 눈시울엔 눈물이 어렸엇오.

아름다운 노래의 선물을
내 어린 것에게 지금 傳하노니
간직한 追慕의 눈물
번거롭게 눈물이 흐르오.

(「東亞日報」, 1938년 4월 14일)

미카엘의 노래

바로 이곳이 密輸團의 巢窟
그는 여기 잇나니 不遠 그를 만나
그의 母親이 信託한 일을
泰然히 나는 行하랴노라
두려워할 아모것도 없다 햇것만
아- 마음은 이러틋 鎭靜을 일도다.

恐怖를 벗어나란 努力도 헛되
몸은 떨린다. 荒漠한 이곳에
홀로 잇는 이몸이
두려한다 하마 貴하진 안을 것이
主여 내게 없는 勇氣를 주사
다사롭게 이몸을 保護하소서.

지난 날 내가 사랑튼 '호-제'의
金보다 깨끝한 맘을 꼬이여
惡의 길로 引導한 女人
머지 안허 나는 그 女人을 보리
그 '칼멘'은 무서워 그는 아름다워
그러나 두려함 없이
膽大하게 내 使命을 나는 말하리
오- 主여 큰 도음을 주소서
오- 당신의 도음을 주소서.

(「東亞日報」, 1938년 4월 14일)

난 몰라

하는 말 하는 일의 뜻을 모르오
寒熱은 때없이 몸을 괴로펴
女人마다 내맘에 물결을 지고
女人마다 내맘을 불타게 하고
貴한 '님'의 이름 말만 들어도
이― 心臟은 고닯으오 깨어지랴오
뜯 모를 意慾의 衝動
思慕의 句節을 짖거려 보오.

森林과 湖水와 山
꽃과 풀과 샘물 그리고
가는 곳의 뫼아리(反響)를 向해
자나깨나 나는 '님'을 말하오
내 빈짖거림은 바람에 쓸리나니
사랑의 내 말을 듣는 이 없으면
나는 내 音聲에 귀를 기우리오.

(「東亞日報」, 1938년 4월 14일)

어떤 개인 날에

날이 맑다. 바다의 끝
水平線 그 어름에
한줄기 연기 보이면
배는 나타나 배는 나타나
砲聲 殷殷한 속에
埠頭에 흰 船體를 보리니
그가 오건만 나는 안 가랴오
그를 맞으랴 아니 가랴오
나는 언덕우에 머물러
오래 오래 기다리랴오
얼마를 기다린들 피곤야 하겟소
멀니 一點으로 그가
人海속에 오나니
언덕을 오르는 그는 누구?
그가 언덕에 오른 때
날 向혀 할 말은 무엇?
채 오기 전 그가 '胡蝶'이라 부르면
對答없이 난 態를 지키랴오
만나는 첫 기쁨에 失命할가 두려워
暫時 그를 조롱하랴오 괴로피랴오
그가 여기 왓을 때 나를 부르든
'내 안해 적은 오렌지꽃'의 이름으로
또 다시 나를 찾으리니

萬事는 말 같이 되올 것을—
부지럾은 눈물을 거두오
나는 그가 올 것을 아오.

(「東亞日報」, 1938년 4월 14일)

牧童아 네 態度를 變해

牧童아, 네 態度를 고처
快活히 노래하고 춤을 추렴아
大膽하고 眞實한 求愛者로
나를 달래다오
嘆息과 失望의 빛
이러한 拙한 지음은
내 마음을 얻기 어려워
그대 불꽃에 나는 타야겟노라.

(「東亞日報」, 1938년 4월 15일)

검은 새의 노래

한 눈은 사라지고 봄 돌아와
가지엔 파릇파릇 싹이 튼다
시내물도 잠을 깨여
바다 향해 홀로 노니
사라진 내 사랑, 돌아오라.

미풍은 하늘하늘 향기롭게
가지에 웃는 꽃을 흔드노나
연한 꽃이 떨어지면
봄철 또한 지나가리
사라진 내 사랑 돌아오라.

오, 그대 아느냐 나의 맘을
고요한 새벽이면 숲속에서
들으라 나의 노래 너 위해 불르노니
언제나 돌아오려나
기다린다.

(「東亞日報」, 1938년 4월 15일)

집을 向하야—

金빛 아츰아 燦爛하게 동이 트렴
먼 追放이 끝나 이제 집으로 가노니
故鄕아 너를 멀리에 두고
異域의 바다ㅅ가에 섯을 때
오 歲月의 나래는 어이 그리 더덧드뇨?

幻想아 어여 波浪의 바다를 넘어
내 귀에, 눈에 靑春의 옛 집을 가저오라
오— 너, 귀여운 마음
질겁든 옛 時節을 꿈꾸어라
오— 너, 외로운 마음
친구들의 情은 變치 안헛다.

꿈속에 밤은 이르러
晩鐘이 울고
초ㅅ불도 비친다.
女人의 노래 소리—
悲哀를 모르는 福된 聖地여!
네 樂을 또 누릴 運命이든고?

오—그리운 내집
祖國의 아름다운 뜰을
다시는 다시는 아니 떠나리.

오- 뛰는 가슴에 기쁨은 넘쳐
집(故鄕)아
다시는 너를 아니 떠나리.

(「東亞日報」, 1938년 4월 15일)

海邊의 風景

沈鬱한 날이 저믈고
風雨가 설레는 때
騷亂한 밤길을 달림이
美酒같이 내게 달거니,
그대 亦 그러치 안흐뇨?

狂波 긴 濱洲에 깨어지는 곳
泡沫의 작난을 그대 사랑하느뇨?
褐色의 머리털은 날리고
가쁜 바다 呼吸에 내 숨결도 바빠
그대의 손잡고 구비치는 물결에 설진댄
喜悅은 이에 極한다.

날 가고 해 지나갈스록
때로는 기쁘고 또 설어라
나의 두 뺨이 붉어질 땐
죽거나 사는 것도 난 몰라.

(「東亞日報」, 1938년 4월 15일)

묶음 : 여섯

飜譯 詩

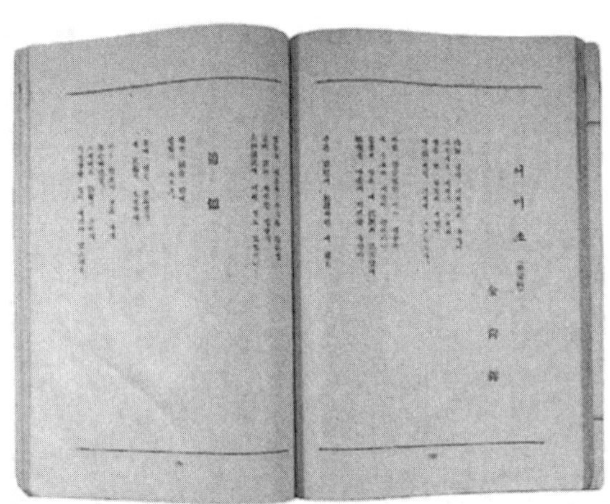

어 미 소
김상용 文章1호(1939)

애너벨·리

엘가·애런·포ー

여러해 여러해 전 일이로세
바다를 곁한 어느 나라에
'애너벨·리ー'라면 그대도 아실
처녀 하나이 살앗더라니
날 사랑하고 내 사랑 받음
그 처녀 마음의 모다이엇지.

나는 어렷섯네, 처녀도 어려
바다를 곁한 나라이엇지,
사랑보다 더욱 큰 사랑 가지고
나와 '애너벨'은 사랑하엿네,
그 사랑 어찌 큰지 나래난 天使
天使도 우리를 부러햇다니.

天使도 우리를 부러하얏기
오래前 바다곁한 나라를 찾아
구름속 한 떼바람 나리는 길로
아릿다운 '애너벨'의 몸을 식혓지,
몸식은 '애너벨'을 날만 남기고
高貴한 그의 親戚 다려 갓다니,
다려다 바다곁 이나라 잇는
묻엄속 '애너벨'을 묻어 바렷네.

우리의 반 만도 복되지 못한
天使들도 우리를 부러햇다니,
(바다 곁한 이 나라 사는 모든 이 아다십이)
우리가 굳이 부러워
구름속 숨은 바람 밤 깊이 불어,
내 '애너벨' 몸 식혀 다려 갓다네.

우리보다 더 어진 여러 어른과
나만은 그이들의 사랑보다도
더 큰 사랑 우리의 사랑이엇네,
하늘에 높이 잇는 天使 무에리
바다에 깊이 잇는 惡魔 어이리
아릿다운 '애너벨'과 나의 령혼을
나누랴 둘의 령혼 나눌 길 없네.

달 뜨면 '애너벨'의 고운 姿態
마음속 으렷이 달같이 솟네,
별나면 내 사랑 '애너벨 · 리-'의
맑고 고은 두 눈을 그곳에 찾지,
물결치는 바다ㅅ가 외로운 묻엄

그 묻엄속 내사랑 누어 잇는 곳
내 목숨 내 新婦 그곳 잇으니
잇스니 그엽 누어 한밤을 새네.

(「新生」, 1931년 1월 1일)

낱익든 얼굴

챠-르스・램

내 어렷을 때 내 글 읽고 질겁든 그때,
작난동무 따르든 친구 다 잇엇네,
그들 없네 낱익든 그 얼굴 지금 다 없어젓네.

마음껏 웃고 量껏 마시엇네,
心腹친구 더려 밤 깊도록 잔들엇엇네,
다 없네 낱익든 그 얼굴 지금 다 없어젓네.

女人中 가장 고은 사람 내 사랑 하엿엇네,
지금 그의 門 닫혀 내 그를 볼 수 없네,
다 없네 낱익든 그 얼굴 다 없어젓네.

知己도 잇든 이몸 뉘 더한 친구 사귀엇든고?
情없는 것처럼 내 훌처 그를 버렷네,
버리고 나는 낱익든 그 얼굴 그리워하네.

幽靈같이 나는 내 어려 놀든 터 거닐엇네,
낱익던 얼굴 찾는 맘 이땅은,
마치 길어야만할 빈 沙漠과 같네.

兄弟보다도 貴한 내 맘의 친구,
웨 내 어버이 사는 곳 태나지를 못햇던고?
한께 낱익든 얼굴 이야기하였을 것을.

돌아간 이의 또 떠나간 이의 그리고,
내 빼앗긴 사람들의 이아기하엿을 것을,
다 없네 낱익든 그 얼굴 다 없어젓네.

(「新生」, 32호, 1931년 6월 6일)

로-즈에일머

랜 더-

아- 님금의 뒤시든 것 무엇하오,
아- 자태 거룩하섯슴 무엇하오,
놉던 턱, 優美튼 모양 그 역 무엇하오,
'로-쯔에일머-' 다 그대 것이엇지만,
'로-쯔에일머-' 든 채 새는 눈
울가하죠만, 그대를 어이 보오,
한숨과 넷생각의 한밤을
그대 끠드리고 잇소.

(「靑年」, 1931년 2월 1일)

廢墟의 사랑

브라우닝

적막한 牧場, 아득한 저 끝까지
고요한 저녁빛 어려잇고
반만 조는 듯 풀 뜯어가며
혹 길빗드는 또 혹 우뚝 서는 양의 무리
방울소리 따라 황혼 띄고 집으로 돌아가네
저기 옛날에(사람들 이르기를)
크고 화려튼 城市엿엇다 하네
이 나라의 도성 솟앗엇다 하네
저기 군왕 잇어 오래오래전
朝臣 모으고 政議 듣고
和戰의 權柄 들럿엇다네.

그랫건만 지금 그대 보듯이
푸른 언덕 분별할 나무 하난들
자랑할 것이 어디 잇나, 마단
적은 시내들이 이리저리 달려
이 언덕 저 언덕을 나눠줄 뿐 아닌가
(그도 없엇든들 합하야 한버듸 되엇을 것일세)
百도 넘는 문, 총총히 둘린 성 넘어로
穹窿形의 광대한 왕궁
불길 뻗히듯 그 뾰죽탑 자랑하엿다 하네

대리석으로 쌓은 그 성 어찌 넓든지
열두 사람 그 우에 가로 늘어서 가되
그들의 못과 못 사이 넉넉하엿다 하네.

보게 풀이 저러틋 무성하지
초목이 저러틋 다북하지
일즉이 없엇든 것일세
이 여름철 저러히 다북 자라
푸른집 편 것 같이
저 아마 그때 성시의 섯든 자리
저 아마 그 시절에 잇든 돌과 둥걸
모두 덮어싸네 그려
이 초목들 일즉이 없든 것들일세.

이곧에 그 옛날
몣 사람이 기뻐하엿든고
그 몣 사람이 설어하엿든고
영예 따르는 마음 고개 들엇건만
수치 두려워 그 마음 억제하엿엇네
이곧에 영예 수치 다함께
金 받고 팔앗엇네, 금 주고 샂엇다네.

지금엔 적은 다락 하나
이들우에 남앗을 뿐일세
그 다락 둘러 넝쿨 엉키고 덤불 욱어지고
이곧 저곧 틈새마다
점 박이듯 石蓮花 피어 잇네
이곧도 그 옛날
굉걸한 樓臺 솟앗든 자리
활긔 넘치는 원형 경기장 잇든 자리
戰車 다우처 승부 다투든 자리
그리고 寵臣嬖姬 거느린 군왕
그 승부 구경하든 자리일세.

수많은 양의 무리 방울소리 내며
고요한 저녁빛 띄고 저러틋 평화롭게
제 '우리'로 돌아갈 제
언덕 냇물 다함께
분별 못할 水墨 빛되어 살어저갈 제
나는 아네 금빛머리 기다리는 눈으로
처녀 하나 저곧서 나를 고대할 줄 아네
戰車 모는 사람 어전이라 힘 다하여

결승점 바라고 다우치든 그곧
그곧에 나오기까지 그 처녀
숨 죽이고 말없이 나오는 곧 바라볼 줄 아네.

왕은 그의 도성 바라보앗엇네
넓고 먼 구석구석 바라보앗엇네
寺院 솟은 산들 바라보고
나무 욱어진 길 사이 늘어섯든 둥근 기둥 바라보고
우뚝한 길, 다리, 水路 그리고
그들의 신하들 바라보앗엇네
나를 기다리는 처녀 지금 그곧서 나를 보겟네
나를 보고 그는 말이 없겟네
말없이 그는 일어서겟네
서로 얼사안꼬 말도 잊고
눈에 보이는 것 마저 안 보이게 되기 전
그는 내 어깨에 그의 두 손 얹고
그의 두 눈으로 먼저 내 얼굴 껴안아 주겟네.

一年에 百萬 군 내보냇엇네
남으로 보내고 북으로 내보냇엇네
神 위하여 하늘에 닿게
靑銅의 기둥 세웟엇네
그리고도 오히려 황금으로 만든 千 남은 전거
그 앞에 두엇엇네
오! 심장이어, 식는 피여
그리고 또 끓는 피여
몇 百年 동안 사람의 지은

우둔, 분요, 죄악
이런 것의 값으로
이 따이 남겨준 것이 무엇인고
승리 묻어버리세, 영광도 묻어버리세
모든 것 묻어버리세
다만 하나만이 그뒤 남겟네
가장 귀한 사랑만이 남아 잇겟네.

(「新家庭」, 1933년 6월 1일)

無題

떼— 비스

빛나는 太陽 吝嗇치 아니하야
그 빛 아낄 줄 모르나니
친구여, 그까짓 黃金은 무엇하오.

綠陰진 아츰 갑 달라 아니하고,
가는 곧마다 眞珠 흩어 주나니,
그까짓 寶石은 무엇하오.

새들 고은 音聲 놓아
아릿다운 노래 읊어 주나니
말라 빠진 書冊은 무엇하오.

저 구름, 하로 백번씩
하늘빛 고쳐 내 눈 고여 주는데
風景畵 그는 무엇하오.

샘물 마실 때 속삭이는 소리,
주린 내 귀에 부드럽게 들려오나니,
毒한 술 그는 무엇하오.

여러 벌 옷은 무엇하오
적은 버레를 보오, 옷 적을스록
그들 福되지 안습디까.

(「新生」, 7~8호, 1933년 7월 1일)

六月이 오면

로ー벋・부리지스

六月이 오면 날이 맛도록
향기론 마초(秣草)속 님과 잇겟소.
바람 가는(細) 하늘에 흰구름 짓는,
해비췬 宮闕도 바라보겟소.
님 위해 노래 지면 님이 읊어요.
남 뵈잔는 마초속 보금자리에,
아름다운 詩 읽어 해를 보내오.
즐거운 生이지오, 六月이 오면.

(「中央」, 2~9호, 1934년 9월 1일)

空虛

유지―ㄴ·리―·해밀톤

먼지 쌓인 선반 우에
여러해 여러해ㅅ동안
얹혓는 조개 껍질 귀에 대이면
비 바람 치든 제 고향의 소리
물결 깨어지든 히미한 소리
바다의 그 소리 멀리 들려 오네
과연 바다ㅅ소리일가?
아니, 이는 우리 혈관의 피도는 소리
우리의 히망과 공포
그리고 끝없이 변하는 감정과
발 마춰 뛰는 맥박의 그 소리일세.

아― 조개 껍질의 바다 소리 같은
묻엄 저편의 세상 소리
내 가슴에 들려 오네
멀고 히미하나, 그 소리 분명히 들려오네
아― 이 어리석음!
조개 껍질 나를 속이듯
내 가슴 또한 나를 속이누나
타고난 세욕 벗지 못하야
조개 껍질의 바다 소리 같은
없는 그 세상 굳이 그리누나.

(「新家庭」, 1~8호, 1933년 8월 1일)

探求者

쫀・메이스펠드

우리에겐 친구도 사랑도 없나이다. 富도 幸福된 곳도 살 곳도 없나이다.
우리에게는 다만 希望 불타는 希望이 잇고 훤한 앞길이 잇슬 뿐입니다.

기리 찾지 못할 城市 그래도 찾아가는 우리에게,
滿足이 어이 잇스릿가, 고요하고 和平한 心境이 어이 잇스릿가.

눈에 보이지 아니하는 숨은 美 찾는 우리,
이 따우에 우리 받을 위로는 없는 것입니다.

길과 새벽이 잇고 해와 바람과 비가 잇고
별 아래 보이는 홰ㅅ불이 잇고, 잠이 잇고 또 길이 잇슬 뿐입니다.

主의 城市 美 잇는 그곧을 찾나이다.
그러나 맞나느니 騷亂한 장터 葬禮의 종소래 뿐입니다.

사람의 낫빛 화창한 黃金의 城市 어드멘고?
哀痛하는 이 거리 도라다니는 陰鬱한 고을이 잇슬 뿐입니다.

해가 지기까지 틧글 덮인 길 거러왓것만
뾰죽탑은 아즉도 해지는 저편 이따의 가에 솟앗나이다.

밝자 떠나 어두어질 때까지 하날 저편 거륵한 城市 찾아,
우리는 또 하로를 길 거러 보내나이다.

우리에게는 친구도 사랑도 없나이다. 富도 幸福된 살 곧도 없나이다.
우리에겐 다만 希望 불타는 希望이 잇고, 훤한 앞길이 잇슬 뿐입니다.

(「新東亞」, 24호, 1933년 10월 1일)

'루바이얕' 抄譯(其一)

波斯 기오 마－ · 카이얌

아츰 千 가지 薔薇 웃는 곳
어제 핀 송이는 어드메뇨
첫 녀름 薔薇 시절이 가면
壯士도 王公도 떠나는도다.

나무 그늘 아래 한 卷 詩와,
한 병 술, 한 그릇 밥이 있다.
그대 또 옆에 노래 하니,
樂園이 여기라 빈들의 복됨이어!

渴求하는 俗世 希願이
재 되는지고… 이루기도 하나
砂漠에 나린 눈방울이냥
있다, 문듯 슬어지도다.

한 줌 흙 되기 전 生은 즐길 것이…
흙에서 온 것 흙으로 도라가,
술도, 노래도, 노래하는 이도,
또 끝도 없이 잠들 것이 아니뇨.

賢人은 爭論케 두라, 老夫와 함께 가자,
모두 헛되고, 한낫 確實한 것

生은 가고 한번 핀 꽃은
永遠히 永遠히 이우렀도다.

다시 냇가 장미 붉은 동안,
늙은 이 몸과 구슬진 줄을 들고,
죽엄의 使者 마즈막 잔 권하건,
받고, 두려워 물러스지 말라.

晝夜의 將棋판 우에,
運命은 사람 올 '쪽'으로 희롱한다.
이리, 저리로, 쓰고, 죽이고,
한쪽 식 다시 그릇에 거둠이어!

(「春秋」, 2~6호, 1941년 7월 1일)

연못에 오리 네 마리

윌리암 · 앨링엄

연못에 오리 네 마리
저 뒤에 풀언덕 하나
푸른 봄 하늘엔
흰구름 떳네.
해가 가도 못니칠 적은 이 光景,
눈물로 追憶될 風景이여라.

(「中央」, 2~9호, 1934년 9월 1일)

哀詩

워어즈 워어드

'떠브*'의 샘이 솟고 人跡이 드믄
그곳이 루시―의 살든 터라오,
칭찬해 줄 아모도 없는 少女를
사랑해 주는 이도 적었읍니다.

'안즘뱅이' 한 송이 눈을 피하야
반만 돌 뒤에 몸을 숨긴듯,
별 하나 하늘에 반작임인가?
루시―는 그처럼 고왔읍니다.

숨겨서 자라난 외로운 몸이
죽은 줄 아는 이도 없었읍니다.
지금 그는 따 아래 고요히 쉬고,
질겁든 이 몸만이 설없읍니다.

---

* 떠브(Dove) : 江名―譯者註

어머니의 꿈

월얌·바―ㄴ스

지난 밤, 잠이 들었다.
꿈에 본, 오―
슲은 그 광경이
지금도 나를 울리오.
내 애기였것만
지닐 복이 없어
슬픔속에 날 두고간
내 애기의 꿈이었오.

하늘에 올라
내 애가 찾노라니
곱고, 유순한 어린이 무리
列 지어, 지나가오.
百合의 흰옷, 각기
불썬 '초롱' 들고
모습, 분명하나
말이 없었오.

차례되니, 내 애기 모습
다소 처량한 顔色에
오―, 애기 '초롱'엔
불이 꺼졌오.

반쯤 몸 돌으켜
내 의심 풀어준 말
'엄마 눈물이 불을 껐어요
엄마, 다시는 우지 말아요.'

(「新家庭」, 1936년 5월호)

묶음 : 일곱

評說

月波가 1932년 경 梨專 교수로 재직시 살았던
서울시 서대문구 행촌동 210번지 2호

金尙鎔評傳

－田園的인 浪漫主義詩人月波

盧 天 命

南으로 窓을 내겠오.
밭이 한참가리
괭이로 파고
호미론 풀을 매지요.

구름이 꼬인다 갈리 있오
새 노래는 공으로 드르랴요
강냉이가 익걸랑
함께 와 자셔도 좋소.

왜 사냐건
웃지오.

－〈南으로 窓을 내겠오〉 전문.

이 有名한 〈南으로 窓을 내겠오〉의 詩人 月波 金尙鎔氏는 筆者와의 師弟之間에 緣을 맺고있다. 즉 내가 梨花女專 文科엘 다닐제 先生은 우리 「클래쓰」의 文學槪論을 가르치러 들어오시는 것이었다.

그때 키는 작으마 하셔도 아주 다부진 印象을 주셨다. 웃을라치면 붓으로 파임을 낸 것 같은 그 여덟 팔자 굵은 눈섭 밑에서 눈이 한일 자로 자지러지는것이었는데, 또 어딘가 몰라 體

少한 것과는 다르게 무개가 있는 양반이 었다.

약간 쉬인듯한 그 獨特한 音聲으로 講義들 하시는데 지금도 선연 하거니와 웬일인지 머리에 잘 들어왔다.

「옴마 카이암」이니, 「라푸까디오 헌」이니 하시며, 얘기를 해 내려가는 품은 침착하고도 힘찬 데가 있었다.

이 先生님한테는 전교 학생들이 어려운 사정을 잘 말해왔다. 그래서인지 안 듣는데서는 「尙鎔 아저씨」 惑은 「S·Y·언클」로 通하는 것이였다. 登山을 좋아 하셔서 白雲臺를 비롯해서 서울 주변의 높은 山봉오리는 아마 다 征服을 하셨다는 것으로 들었다. 그래서 山岳會 會長으로도 계셨다.

先生은 어느편이냐 하며 苦生과 수고로 뭉쳐진 분이 아니었던가 한다. 우리 文壇의 女流時調大家로 이미 定評이 있는 그 妹氏 金午男女史와 早失父母하고 공부들을 하시느라고 겪은 苦生은 적지 않았던 것 같다.

先生은 東京에서 苦學을 하시면서 그 돈으로 또 妹氏 金午男氏를 東京女子大學 英文科를 卒業시키셨던 것이니 先生의 얼굴엔 남다른 世苦의 흔적이 어딘가 보이였다.

月坡先生은 西紀 1902年 京畿道 漣川서 낳셨다. 日本서 立敎大學 英文科를 卒業하시고 그해 스물다섯살 난 젊은 英文學徒는 바로 그해부터 梨花女子專門에서 교편을 잡운 것이 中間에 잠깐 쉬엿던 때는 있었으나, 始終一貫 梨花에다 靑春과 함께 25年동안 一生을 바치신 분이다.

그동안 敎授로 계시며 文科 科長도 하시고 當時 金活蘭校長 다음자리인 學監도 지내시며 이 나라의 많은 女性 일꾼들을 많이 길러내신 敎育家로써도 크게 한몫을 보신 분이다.

門下에 朱壽元·毛允淑·白菊喜·張永淑等, 女流詩人들

을 우리 文壇에 선물한 功績이 크시다.

日帝末期엔 견디다 못해 梨花를 나오셔서 鍾路에다 「長安花房」이라는 조고만 꽃집을 내시고 梨專教授로 있다 함께 나오신 金信實女士와 함께 充血된 長安市民들을 相對로 꽃장수를 하시며, 自己의 정신 特히 民族魂을 직히기 어려운 世代의 濁流를 꽃속에 숨어 避하셨던 것이다.

8.15의 解放을 맞이하자 祖國의 旗빨 아래서 江原道 知事를 하시는등 官運이 띄이는 것 같으니 詩人인 先生은 亦是 이런 감투를 다 벗어버리고 다시 梨花 동산으로 돌아가 學監을 하시는등 또 金活蘭博士와 「코리어 타임쓰」의 英字新聞을 主梓하시며 初創期라 苦生도 많이 하시고 우리 文化面에 이바지함이 적지 않았다.

酒量은, 한잔 술을 넘어서 좋아 하시는 편이였으나, 워낙 「밋숀스쿨」인 女子教育機關에 가 계셨던 관계인지 醉中에 실수나 주정을 하신 例는 일찍이 없었으며, 理智的인 面을 가졌으면서도 또 퍽 有情스러운 분이였다.

詩가 좋다고 하지만 그 人間이, 더 좋은 편—구수하고 사람좋은 品이란 그만이었고, 늘 사람은 깊은 맛이 있어야 하느니라고 하신 것이 그분의 教訓이었으며, 적으면서도 적게 안보이는 분이 月坡 金尙鎔先生이었다. 그 많은 친구양반들이 異口同聲으로 하나같이 하는 말은 「참 좋은 친구였지」 하는 定評이다.

詩의 主題는 항상 自然과 田園을 읊은 것이였으며 말을 다듬는데 있어서는 高踏派的인데가 있었다.

作品의 傾向으로는 역시 浪漫主義的인 要素를 多分히 었다.

어쩐일인지 月坡先生은 自己의 作品을 뫃아두어 世上에 내놓는 욕심이 없었던 분으로 그 弟子들도 詩集을 몇卷씩 가지고 있을 무렵 解放後에도 한참 연후에야 「望鄕」이란 詩集을 처음으로 내셨는데 그것도 發表 했던 原稿를 통 뫃아 두시지 않았던 관계로 여기에 收錄한 것은 몇篇이 안되었으며 정말 잘된 譯詩들도 相當히 많았었는데도 그대로 다 헤쳐진채 훌륭한 實力을 가졌음에도 불고하고 하나의 譯詩集도 내놓지를 못했다.

이밖에도 解放前 東亞日報에 數10回를 거듭하며 한동안 讀者들의 愛讀裏에 連載되던 散文 「無何先生放浪記」가 있다.

家庭은 早婚한 夫人 사이에 난 아들들이며 딸들이 수두룩하여 八男妹의 아버지로 子孫昌成의 多福도한듯 했으나, 月坡先生의 魂이 通하는 家庭은 되지 못했던 것 같았다. 49年의 고달푼 生涯 가운데에는 밤中의 별이 떠주듯— 비 뒤에 무지개가 서주듯— 흔들어준 흰 손길들이 없었던 배도 아니었던상 싶으다.

이는 저 깊은 海底와 같은 얘기들이고,

「..............................

숨어야 할 몸이기에
뜬 달 지라고 햇네.

급긔야 달 떠러지고
밤만이 깁흔거리
것는 이 눈에
눈물이 왜 고이나.

꿈의 탑 알들하것만은
人生路 짐이 되길래에
허허 바다에 더 젓섯네.
..............................」

한 〈무지개도 귀하건마는〉에서 그 心境을 엿 볼 수 있다고 나 할까.

月坡先生은 詩에만 빠지는 風流的인 詩人이라기 보다는 말하자면, 實務的인 面을 지녀, 무엇이나 맡기면 감당 할 수 있는 多能한 분이었다.

연달아 月坡先生에 對한 우리의 期待가 바야흐로 커지고, 또 가난한 사림살이도, 좀 궁끼를 벗을까하는 마당에 그만 餘裕있게 살아보실 겨를도 없이 釜山避難地에서 하로저녁 2, 3人文友들과 더불어 술자리를 가졌던 것이 恨스럽게도 先生은 게中毒으로 因해 49歲를 一期로 드디어 西紀 1951年 6月 22日 釜山 西面 白宅에서 世上을 버리셨다.

先生이 作故하시자 三年喪을 못다 치르고 夫人도 世上을 떠나 아직 未장가前인 어린 子女들은 이리저리 흩어져 고달푸게들 살아가는 형편이되었다.

金尙鎔詩分析과 鑑賞

權 逸 松

南으로 窓을 내겠오

南으로 窓을 내겠오.
밭이 한참가리
괭이로 파고
호미론 풀을 매지오.

구름이 꼬인다 갈리 있오
새 노래는 공으로 들으랴오.
강냉이가 익걸랑
함께 와 자셔도 좋소.

왜 사냐건
웃지오.

《분석(分析)》 3연으로 된 자유시.

제1연 : 거짓과 소음에 싸인 도시를 떠나 아늑하고 평화로운 전원으로 돌아가 남쪽으로 창을 낸 조그만 집을 하나 짓고서, 한참을 갈(耕)수 있는 적당한 분량의 땅을 마련하여 손수 농사 짓고 살고 싶다.

남향 집은 볕발이 따스하게 비치는 채광(採光)을 위해 누구나 원하는 방향의 집이긴 하나, 여기선 자연과의 친근감과 자연에 순응해 살고 싶은 생각을 나타낸다.

제2연 : 하늘을 떠도는 구름이 다시 화려한 도시 생활로 돌아가자고 유혹의 눈짓을 보낸다 할지라도 내 마음은 변치 않고 이 아늑한 전원을 지킬 것이다. 새들의 노래 소리는 값을 내지 않고 즐겨 들으며 살겠으니, 밭에 강냉이가 익거든 친구들이여, 함께 오셔서 먹지 않겠느냐는 권유.

명리(名利)를 떠난 몸이 '구름의 유혹'에 넘어갈 리 없고, 마음이 청정한 사람이 달리 욕심을 부릴 까닭이 없다.

제3연 : 누가 이 곳에 나타나서 불편하고 보잘 것 없는 시골 생활이 뭐가 좋아 이렇게 사느냐고 묻는다면, 나는 대답 대신 내 건강한 이빨을 드러내어 활짝 웃겠다.

가장 언어 경제(言語經濟)가 잘된 부분이다. 생략미(省略美)가 넘치는 귀절. 말로써 하는 대답 대신 그저 자연의 일부인 양 씨익 웃고 말 수 있는 여유란 예사로운 것일 수가 없다. 자연에 깊이 몰입하고 순응한 자만이 깨닫거나 다짐할 수 있는 심경적 여유이다. 생을 달관하고 관조의 경지에 이른 자만이 지닐 수 있는 너그러움이 나타나 있다. 소이부답(笑而不答)의 선경(禪境)이다.

《감상(鑑賞)》 1934년「문학」2호에 실린 작품. 전원 생활에의 향수가 주제이다. 전원시의 백미(白眉)라 할 만하다. 건강하고 밝은 인생관을 나타낸 시로서, 노동의 신선함과 동양적 운둔 사상이 스며나와 있다. 현실을 부정치 않으며 낙천적인 기질로서 인생을 살아가려는 기질이 자연과의 조화 속에서 돋보이며 매우 포근한 느낌을 풍겨준다. 지나친 주장도 없고 강요하는 것도 아니면서 소박한 감화력이 있다. 끝의「웃지요」한 마디 말이 풍기는 정서적, 상징적인 여운이 한없이 매력을 붙안겨 준다. 그의 이상은 아마 창을 남으로 낸 집이요, 밭이요, 강냉이일 수도 있다. 관조란 대상을 있는 그대로의 전체로서 파악하려 하는 것이므로 일종의 직관에 의한 상상적 작용이다.

「생의 가장 절실한 느낌만을」 읊은 시인 월파는 그러므로 부질없이 과장(誇張)하거나 절규하지 않는다.

생활의 달관과 세속에서의 초연함이 아니고서는 이 「웃지요」의 경지에 다다르진 못한다. 짧지만 시적 여운과 함축성이 있는 표현이다. 고민과 방황, 회의와 사색, 결심과 행동 등의 갖가지 요소가 한 마디 짧막한 말의 의미 속에 요약되는 걸 볼 때, 건강하고 낙천적인 시인의 기질과 역량을 짐작케 된다. 이농 현상(離農現象)으로 특징지워지는 현대 생활인데, 여기서는 귀농(歸農)을 권장하는 듯한 인상이 풍긴다. 뿌리로 돌아가려는 마음의 움직임, 실향민에게 고향을 찾아주는 애틋한 배려와 교훈이 간접적으로 풍겨난다. 「들으랴오」는 「들으려오」와 같은 말인데, 「려」를 일부러 「랴」로 고쳐 양성 모음(陽性母音)을 사용한 곳에 이 시인의 밝고 유머러스한 기분이 서려 있다. 따스한 시골 남향 집—그곳이 그립지 아니한 도시인은 없다. 호롱불과 지게가 없어진 지 오래이고 근대화 바람에 밀려 옛스런 시골 본연의 모습들이 자꾸만 자취를 감추는 이 마당에, 향수어리게 음미해 볼 만한 가치있는 시이다.

浦口

슬픔이 영원(永遠)해
사주(砂州)에 물결은 깨어지고
묘막(杳漠)한 하늘아래
고(告)할 곳 없는 여정(旅情)이 고달퍼라.

눈을 감으니
시각(視覺)이 끊이는 곳에
추억(追憶)이 더욱 가엾고…

깜박이는 두셋 등잔 아래엔
무슨 단란(團欒)의 실마리가 풀리는지…

별이 없어 더 설어운
포구(浦口)의 밤이 샌다.

《분석(分析)》 4연으로 된 자유시.

한자어가 많아 다소 딱딱해 보이지만 내용은 달보드레하고 아늑하다. 모래 언덕에 물결이 깨어지는 것도 영원한 슬픔 탓이라 했고, 다함 없는 여정만이 고달프게 느껴진다는 1연과 눈 감으면 보이지 않는 머언 곳에서 아련한 추억이 떠오르고(2연), 아늑히 깜박이는 등잔불 아래선 어쩌면 가난하나마 평화로운 행복의 순간이 빛나는지도 몰라(3연). 별도 없는 포구라서 더욱 마음이 서러운 밤이 지새는고자(4연).

《감상(鑑賞)》 인생은 나그네. 그 포구의 설운 여정이 비단결마냥 풀리는 시다. 문명의 바람이 전혀 스치지 아니한 시기, 그 목가적인 포구의 정경 속에 나그네와 같은 인생살이의 기쁨과 슬픔을 짜 넣었다.

그저 그대로 포근하고 정겨운 시다. 지나치게 안이한 착상이요, 구성이라고 나무란다면 또한 할말이 없고… 언어의 상징성이나 내재율 같은 게 전혀 없다. 그러나 그가 무의미한 시를 썼다거나 너무 단순성에 치우쳐 할말도 갖지 못한 시인이라거나 하는 얘긴 아니다.

시집 〈망향〉 첫 장에서 그는 "내 생의 가장 진실한 느낌을 여기 담는다"고 하였다. 그의 시정신을 꾸밈없이 설명해 줬다고 볼 수 있다. 김상용은 원래 시에다 어떤 주의(主義)나 목적을 내세우지 않는 대표적 시인이었다. 그것은 그가 어떤 주장이나 논리성을 가족 있지 않았다는 말과는 전혀 다르다. 관조(觀照)의 세계란 실상 사물에의 깊은 애정이나 그 인식적 참여(認識的參與) 없이는 이루어질 수 없는 것이다. 분명한 그의 생의 자세—자신의 마음을 깨끗이 비워놓고, 그 속에 생의 온갖 느낌을 조금도 가식(假飾) 없이 받아들이려고 한다. 언제나 공정한 마음의 중심이 잡혀있다. 비탄이나 감격의 그 어느 쪽에도 치우치지 아니한다. 공정함으로 그의 생의 느낌은 결코 침통하고 격렬하지 않으며 그의 시는 심각하거나 열렬하지 않다. 맑고 잔잔한 생의 목가적 리듬에 뛰어났다.

> 물 깃는 처녀(處女) 돌아 간
> 黃昏의 우물ㅅ가에
> 쓸쓸히 빈 동이 는 놓였다.
>
> —「노래 잃은 뻐꾹새」 끝연

김상용의 자조와 자연 관조의 시세계

최 동 호

1. 향수의 근원

월파(月波) 김상용은 1902년 5월 경기도 연천군 왕림리에서 부친 기환의 장남으로 태어났으며, 시조시인 김오남(金午男)은 그의 누이 동생이었다.

1917년 경성 제1고보에 입학하였으나 3·1운동으로 인하여 제적되고 보성고보에 전학하여 졸업하였으며, 1922년 일본에 건너가 입교대학(入教大學) 예과에 입학하였으며, 1927년 동 대학 영문과를 졸업하자 귀국하여 보성고보, 이화여자전문학교 등에서 교편을 잡았다. 일본에 유학하여 영문학을 전공하고 귀국하여 모교에 봉직하고 다시 이화여전 교수가 되고 시인이 되었다는 점에서 그리고 30년대 후반 《文章》에 깊은 인연을 맺었다는 점에서 김상용은 정지용과 유사한 족적을 보여 준다.

정지용이 1923년 경도 유학 1929년 동지사대학 졸업, 1929년 휘문학교 교사 1945년 이화여자대학교 교수로 간 것으로 보아 교직 진출에 김상용이 조금 앞서지만 당시 동경 유학생들이 나아간 궤적을 보여 준다는 점에서 흥미로운 공통점을 가지고 있다. 정지용이 날카롭고 발랄한 감각을 보여 준다면 김상용은 직접적이고 담박한 자기 표현의 시를 썼다고 하겠다. 이러한 시적 개성은 작지만 강골의 근육질의 김상용과 작고 경쾌한 정지용의 체질적 차이에서 비롯된 것이 아닐까 한다.

김상용의 시적 개성을 파악하기 위해서는 그가 1932년 백두산을 정복하고 금강산을 매년 다녀올 정도의 당시로서는 보기 드문 여행가이며 등산가였다는 점을 상기해 볼 필요가 있다.

2. 자연 관조와 노래 잃은 뻐국새

김상용의 문단 등단은 정지용에 비해 매우 늦었다. 1930년에 처음으로 서정시 〈무상(無常)〉(《동아일보》,1930.11.14)과 〈그러나 거문고줄은 없고나〉(《동아일보》,1930.11.16) 등을 발표하고, E.A. 포우의 〈애너벨리〉(《신생》 27호,1931.1)와 J. 키이츠의 〈희랍고병부〉(《신생》 31호, 1931.3) 등의 번역시를 발표하며 등단하였다. 그의 시집 《망향》(문장사, 1939.5)이 간행되었는데 그 서문은 다음과 같은 단 한 줄만 기록되어 있다.

내 人生의 가장 진실한 느껴움을 여기 담는다.

한 줄로 집약된 이런 표현을 음미해 볼 때 그의 시들은 직정적인 감정의 토로라고 할 수 있을 것이다. 김상용을 시인으로 유명하게 한 것은 1934년에 발표한 〈남으로 창을 내겠오〉(《문학》 2호, 1934.2) 계열의 전원 시편들이다. 이 전원 시편들은 유일한 그의 시집 《망향》에 수록되어 있는데, 이 시집에서 우리가 볼 수 있는 특색은 전원에 대한 향수, 자연에 대한 관조, 자연 친화적인 삶의 태도 등이다.

南으로 窓을 내겠오
밭이 한참가리
괭이로 파고
호미론 풀을 매지오.

구름이 꼬인다 갈리 있오
새 노래는 공으로 드르랴오
강냉이가 익걸랑
함께 와 자셔도 좋소.

왜 사냐건
웃지오.

－〈남으로 창을 내겠오〉 전문

〈남으로 창을 내겠오〉는 비평가 김환태가 다음과 같이 평한 바 있다.

이는 생을 관조할 수 있는 사람만이 가질 수 있는 인생 태도다. 이와같은 인생 태도가 빚어내는 이상은 아마도 창을 남쪽으로 낸 집인 것이요, 그 집을 둘러싼 밭일 것이요, 그 밭에 무르녹은 강냉이일 것이다.(중략) 이와 같이 시인 김상용은 생을, 그리고 생에서 오는 느껴움을 관조한다.

한마디로 김상용은 생을 직관적 상상력으로 관조하는 시인이란 것이다. 이러한 관조를 나타내기 위해 위의 시에 구사된 마지막 연에서 우리는 미묘한 반어적 어법을 간과할 수 없다. 물론 이 구절은 다 아는 바와 같이 이태백의 〈山中問答〉의 처음 구절을 변용한 것이다. '〈묻노니, 그대는 왜 / 푸른 산에 사느가 / 웃을 뿐, 답은 않고 / 마음이 한가롭네〉(問爾何事棲碧山 笑而不答心自閑)' 이러한 한시 변용은 그의 유년시절 한학 체험이 바탕이 되었던 것이지만, 그러한 세계를 동경하게 된 심적 배경은 타락한 현실에서 그가 이상세계를 추구하고자 했기 때문일 것이다.

그의 시가 보여주는 생과 자연에 대한 관조와 고향과 전원에 대한 그리움은 암울한 식민지 시대를 살아가기 위한 하나의 심적 방편이 된 것으로 보인다. 그러한 까닭에 그의 시에는 인생에 대한 허무 의식도 강하게 나타난다.

시집 《망향》에는 자연 친화적이고 관조적이면서도 시대에 대한 허무감을 나타내는 시편들이 많다.

긴 歲月에게
追憶마저 빼앗기면

풀잎 우는 아츰
혼자 가겠오.

— 〈서그픈 꿈〉 끝 7~8연

위의 구절에서처럼 암울한 시대의 질곡을 노래한다. 그의 시에서 자주 나타나는 웃음도 사실은 웃음 그대로가 아니라 위의 시에서처럼 추억마저 빼앗긴 자의 외로움을 나타내는 역설적 표현이라 해석된다.

나는 노래 잃은 뻐꾹새
봄이 어른거리건

사립을 닫치리라.
냉혹한 무감을
구지 기원한 마음이 아니냐.

장미빛 구름은
내 무덤 쌀 붉은 깁이어니

여러해 나는
소라(靑螺)같이 서러워라.

'때'는 짓궂어
꿈 심었던 터전을
황폐의 그늘로 덮고…

물 깃는 처녀 돌아 간
황혼의 우물ㅅ가에
쓸쓸히 빈 동이 는 놓였다.

— 〈노래 잃은 뻐꾹새〉 전문

이 시에서 화자는 자기 자신을 '노래 잃은 뻐꾹새'라고 말하고 있다. 그가 꿈을 심었던 터전은 황폐의 그늘로 덮히고 황혼의 우물가에는 쓸쓸히 빈 동이만 놓여있다는 것을 통해 자신의 심적 상황이 어떤 것인가를 잘 나타내준다. 물론 김상용의 시는 이상화의 격정적인 시 〈빼앗긴 들에도 봄은 오는가〉와 비교해 볼 때 사회 비판으로 나아가지는 않는다. 그러나, 그가 나타내는 심적 상황은 분명히 식민지 현실에서 그가 느껴야했던 황폐한 고향 상실을 나타내고 있다. 이러한 상실감은 그로 하여금 허무 의식을 느끼게 하며, 이런 허무 의식은 다른 한편 나그네 의식을 동반한다.

여행과 등반에 일가견이 있었던 그는 이러한 자의식을 다음과 같이 표현하기도 했다.

생은 짐짓 허무의 거리
쌓아도 쌓아도 짙을 것이 없거늘
네끼친 장미 가시에
마음의 부프름이 왜 아플까?

—〈여수(旅愁)〉(2) 1연

나그네의 고통스런 마음을 표현하고 있다. 태평양 전쟁 발발로 이화여전에서 영문과가 철폐되자 실직하고, 일본 경도를 여행하면서 쓴 〈손없는 향연〉에서도 시대에 대한 허무 의식과 나그네 의식이 짙게 나타난다.

한편 그의 시집 《망향》에는 〈태풍〉, 〈굴뚝노래〉 등 주지적 경향의 시도 나타난다. 김기림의 〈기상도〉나 〈태양의 풍속〉과도 비교될 수 있는 이 시편들은 도시적 분위기와 근대 산업 문명의 모습들도 반영하고 있다.

3. 향수의 아이러니한 종장

1943년 영문학 강의가 폐지되자 이화여전에서 사직하고 종로 2가에 '장안화원(長安花園)'을 경영하였으며 1945년 해방을 맞이하여 군정청에 의해 강원도지사에 임명되었으나 곧바로 사임하고 이화여대에 복귀하였으며 1946년에는 도미하여 보스턴대학에 적을 두었다. 1949년에 다시 귀국한 그는 이대에 복직하였으며

1930년 시집《망향》3판을 이대출판부에서 간행한다. 그리고 풍자적 수필집《무하선생방랑기(無何先生放浪記)》(수도문화사, 1950. 2)를 간행하였다.

이 수필집은 그의 풍자적 시각을 신랄한 어법으로 표현한 것으로서 사회와 현실을 바라보는 그의 기본적 입장을 약여하게 드러내 준다.

쇼·윈도의 송곳같은 流行, 핏빛 목도리에 눈이 팔렸구나! 잘못 지나는 쇠입을 맞추고 容恕를 비는 거룩한 貴婦人이여! 회칠한 무덤, 눈썹 그린 너 紳士여! 有志여! 개기름같은 秋波를 던져 不治의 嘔逆症을 남겨 주고 간 너, 久遠의 醜婦여! 妖艶! 淫萎의 시궁창, 世紀末의 뒷골목이여! 騷音과 混雜의 痼疾的인 文化여! 아아 설렁탕집 파리여, 行廊房 빈대여, 서울의 動과 靜이여, 서울의 醜와 惡이여, 요강 같은 存在들이여! 그 存在를 받쳐놓은 지린내 나는 소반이여! 지금 나는 너의 巢窟을 벗어나 定處없는 길을 떠날 때, 코를 풀어 네 앞에 던지는 것이다.

〈요강 같은 존재〉들로 세상이 타락해 있으므로, 이 〈지린내 나는 소굴〉을 벗어나 방랑길에 오르지 않을 수 없다고 화자가 말하고 있다는 점에서 그의 비판적 시각에는 현실에 대해 김삿갓의 야유와 조소가 담겨 있다고 하겠다.

이런 사정을 감안하여 본다면 그가 왜 반어적으로 〈왜 사냐건/웃지오〉 같은 어조를 가지고 있었으며, 방랑자로서 국외자적 입장에서 삶을 살았는가를 알 수 있다.

어떻게 보면, 그의 현실적 입지는 다른 문인들에 비해 결코 나쁘다고 할 수 없었는데 그가 이와 같은 시각을 갖게 된 것은 그의 강직성 때문이 아닐까 한다. 그의 시에 언어의 조탁에 대한 기교주의적 연마가 드러나지 않는다는 것 또한 이와 상응하는 것이 아닐까 한다.

그가 〈향수〉에서 다음과 같이 썼다는 사실 또한 음미해 볼 필요가 있다.

> 人跡이 끈긴 山속
> 돌을 베고
> 하늘을 보오.
>
> 구름이 가고
> 있지도 않은 故鄕이 그립소.
>
> ―〈향수〉 전문

군더더기가 없이 간명한 이 시에서 우리가 엿볼 수 있는 것은 단순 명료한 직관적 서정이다. 돌을 베고 하늘을 바라보는 화자가 그리는 것은 결코 현실에서 찾을 수 없는 이상세계에 대한 동경을 나타내는 것이다. 구름은 자유롭게 하늘을 떠다니지만, 그 자신은 이미 상실한 고향을 그리워하고 있다는 것이다. 정지용의 〈향수〉에서 볼 수 있는 화려한 언어적 수사가 없다는 것은 두 시인의 개성을 단박에 드러내 주는 예가 될 것이다.

1950년 6·25가 발발하자 김상용은 지하에 숨었다가 9·28수복과 함께 당시 공보처장이던 김활란과의 인연으로 공보처 고문 겸 《코리아 타임즈》 사장에 임명되었다.

그러나 1951년 6월 부산 피난지인 김활란의 집 '필승각(必勝閣)'에서, 게를 먹고 식중독을 일으켜 치료하다 의사의 잘못된 투약으로 49세를 일기로 사망하니 그의 삶은 실로 아이러니하다고 하지 않을 수 없다.

탄생 100주년에 그의 문학을 전체적으로 요약해 보면 자연관조와 전원시로서 대표되며 향수가 그의 시적 동기가 되었으나 허무에 빠진 것은 아니었으며, 과장된 수사가 아니라 '진실한 느껴움'을 직정적으로 표현한 순수 서정의 세계를 구축했다고 할 것이다. 초기 '해외문학파'의 일원으로 영문학 번역에 그의 공로가 인정되며, 비타협의 순수서정의 세계는 그의 활발한 공적 활동을 지탱해 주는 정신적 기둥이 되었다고 할 것이다.

정지용의 수사적 언어의 투명성과 김상용의 솔직 담백한 직정성은 각각의 높낮이가 서로 다르다고 할지라도, 1920년대 일본에 유학하고 외국문학을 전공한 신세대 시인들이 1930년대 우리 현대시에 기여하였다는 것은 관과되지 않아야 할 부분일 것이다.

金尙鎔의
『南으로 窓을 내겠오』

-抵抗的 抒情에 관하여-

채 규 판

詩의 겉모양을 보고 굳이 나누고자 한다면 마음으로 쓰는 詩와 손으로 쓰는 詩를 말할 수도 있을 것이다.

여기에서 마음으로 쓰는 詩가 훌륭한 詩다. 혹은 손으로 쓰는 詩가 마음으로 쓰는 詩에 비하여 훌륭하지 못하다 하는 이야기를 하고자 함이 아니다. 그것은 마음으로 쓴다고 해서 그 작품(作品)이 作品으로서의 성공을 걷우웠다고 볼 수 없는 것과 마찬가지로 손으로 쓴다고 해서 그 作品이 作品으로서의 값을 형성하지 못한다는 이야기는 아니기 때문이다.

감동이나 느낌이나 호소력이라 하는 것은 손끝에서 시작하는 것이 더욱 진실할 수도 있는 것이며, 그리하여 손끝에서 비롯한 느낌의 파장이 마음 깊숙이 파고 들므로써 이른 바 영막을 뚫리게 하는 경우도 흔하기 때문이다.

또 마음으로 詩를 쓴다면서 열심히 자신을 던져 힘을 풀어 넣었다 하더라도 그것이 詩를 쓰는 사람의 기술적 내용에 따라 상당히 낮게 평가되는 예도 없지 않기 때문이다.

그러므로 마음으로 쓰는 詩라든가, 손으로 쓰는 詩라든가 하는 전제는 필요한 것이 아니겠으나, 월파(月波)의 詩를 읽어나가다 보면 앞에 말한 마음으로 쓰는 詩, 손으로 쓰는 詩 등을 동시에 느낄 수 있는 것이다.

김상용은 통털어 27편의 시를 남기고 있다. 1939년 문장사에서 발행한 시집(詩集) 『망향』에 수록된 이들 作品은 그것이 58면을 이루고 있을 뿐이지만, 그가 자신의 입장을 가장 적절하게 나타냈듯이 "내 생애 가장 진실한 느껴움을 담는다"의 사실에서 결코 비껴나지 않고 있음을 뜻한다.

김상용은 그 作品의 題目을 일별함으로써 알 수 있듯이 자신을 포함하여 한국적이라는데 대해 강한 집념을 가지고 있었던 듯이 보인다.

의분과 사리에 대하여 거의 직선적인 경도를 보임으로써 그의 정신저 질서가 항시 맑고 깨끗한 쪽에 있었던 것도 사실이다.

그가 3·1운동에 가담하여 광복에 대한 뜻을 세웠다고 하는 것도 한국적인데 대한 그의 집념의 일단이 나타나 있는 것이 아닌가 생각된다.

그는 詩集을 내기 앞서 1935년 《시원》이라고 하는 잡지에 「물고기 하나」, 「망향」 등 두 편의 詩를 발표했다. 끝내 「망향」이 그의 유일한 詩集의 제목(題目)이 되었지만 이들 작품은 지식인으로서의 아픔과 어두움의 시대를 살아가는 지식인으로서의 아픔의 흔적을 절실하게 깔아 두고 있다.

그것은 포효나 아우성이 아니요, 조용히 갈아앉은 앙금처럼 소리없는 흐느낌이었고, 아쉬움에 꽉찬 그리움같은 빛깔을 띠고 있다.

그리하여 슬픔을, 고통을, 분노를, 우울을 시적 서정(詩的 抒情)으로 전환시키는 데 성공하고 있는 것이다.

김상용이 일본에 건너가 대학에 다녔다던가 보성고등학교에 보통과를 졸업한 후 이화여대 교수를 역임하고 도백으로도 임명되었고, 하는 등의 문인으로서는 화려하다 할 이력과는 상관없이 詩

人으로서의 그의 입장은 언제나 동양인의 수천 년을 이어 받아온 체관적 자세는 그의 특유의 우수적 의식에 출석시킴으로써 특히 서정시(抒情詩)로써의 성공과 抒情詩를 통한 우화적 저항을 끊임 없이 불사르고 있었다는 점이 주요하다 하겠다.

그러므로 김상용의 詩는 한국적 은근함이나 풍유스러움이 깃들어 있다고 볼 수 있으며 관조적, 질서라든가, 관념적 의식진행이라든가 하는 점에 이르러서도 결코 자신에 기본적인 서정의 테두리에서 벗어나지 않았던 것이 아닌가 보여진다.

남으로 窓을 내겠오
밭이 한참갈이
괭이로 파고
호미론 풀을 매지요

구름이 꼬인다 갈리 있소
새 노래는 공으로 들으랴오
강냉이가 익걸랑
함께 와 자셔도 좋소.

왜 사냐건
웃지요.

—「南으로 窓을 내겠오」全文

예로 든 作品은 다 잘 알고 있듯이 「南으로 窓을 내겠오」의 全文이다.

어차피 詩의 길이에 관해서는 논의할 이유가 되지 않지만 짧다면 짧은 이 간결한 作品을 통하여 우리는 많은 것을 얻어 가질 수 있으며, 뿐만 아니라 상당한 느낌을 통하여 김상용이 하고 싶었던 속뜻을 이해할 수 있는 것이다.

김상용이 「南으로 窓을 내겠오」라고 했다. 풀이라든가, 빛이라든가, 정열이라든가 하는 것으로 표현될 수 있는 南쪽을 겨냥해서 우선 그는 자신의 抒情의 갈기를 가다듬고 있다.

남쪽에 대한 동양인의 느낌은 언제나 가능적인 것이요, 희망적인 것이기 때문에 적어도 창이나마 남쪽으로 냄으로써 무언가 기다릴 수 있는 자기 조건을 갖고자 했던 것이 김상용의 의견이었던 것으로 안다.

그리하여 그는 '밭이 한참갈이/괭이로 파고 호미론 풀을 매지요'라는 보통적인 말을 통하여 간절하게 호소하고 있는 것이다.

김상용이 이 詩를 쓸 때의 한국적인 상황은 일제의 압제를 받는 풍토이였기 때문에 밭이 상징하는 이 나라의 입장을 괭이로 파고 호미로 매야 할 만큼 우거진 풀덤이나 황토에 비견될 수 밖에 없었던 것이 아닌가 생각한다.

그는 여기에서 여러 가지 인위적인 장치를 피하고 있다. 바꿔말하여 싸움을 내세워 흙을 지킨다던가, 소리 높이 외장을 치고 물코를 돌린다든가 하는 어리석음은 범하지 않는다는 것이다.

여기서 말하는 어리석음이란 詩的 성과를 겉우면서 자신의 감정이나 의식의 흐름을 절제하지 못한다는 이야기가 된다.

그러므로 김상용은 그 어리석음에서 벗어나고 있다는 이야기다. 다만 시대의 흐름, 세월의 흐름, 인정의 흐름, 역사의 흐림과 같은 큰 물줄기를 기대하며 '구름이 꼬인다 갈리 있오', '새노래는 공으로 들으랴오'라든가 하는 여유를 굳이 불러 일으키고 있는 것이다.

언듯 보자면 지극히 한가한 전원의 풍경을 서정화한 것 같이 보이지만 그 다음 구절 '강냉이가 익걸랑 함께와 자셔도 좋소'라는 대목에 이르러서는 슬며시 처절한 아픔 같은 것을 만나게 된다.

괭이로 파고 풀을 매었으면, 南으로 창을 냈으면, 새노래조차 공으로 듣지 않는 형편에 겨우 강냉이나 함께 와 먹자고 할 수밖에 없었던 김상용의 詩人的 인상은 무던히도 깊은 시름 때문에 빚어진 것이라 아니할 수 없는 것이다.

그리하여 쉽게 전원시의 백미로 보아질 수도 있겠으나 전원시라기에는 너무나 많은 아픔의 흔적을 불과 몇 연이 되지 않는 시 속에 깔아 놓고 있는 것이다.

김상용은 '왜 사냐건/웃지오'하는 서글픔도 아니오, 그렇다고 해서 반듯한 체념도 아니요, 그렇다고 안타까움도 아닌 소속감을 보이고 있는 것이다.

이 지식인의 소리는 백마디의 사자후보다도 천둥 번개와 같은 훨씬 강인한 의지를 담고 있어서 조금만 관심 있는 눈으로 보면, 가령 혹이 돋고 가느른 소리일지는 모르겠으나 그것이 상징하고 표현하는 내용은 그럴 수 없이 견고한 아픔의 더잉 그것이라고 할 수 있다.

두보가 서정적 내용을 통하여 그가 살던 시대를 설명하려고 노력했듯이, 이태백이 그 특유의 관조적 사유를 통하여 시적 아름다움을 일구어 내려고 했듯이, 두보나 이태백의 장점을 비교적 편안하게 받아들이으로써 김상용은「남으로 창을 내겠오」라고 하는 저항적 서정을 성공적으로 남겨 놓고 있다.

그가 詩集『망향』에 수록한 27편의 시의 제목을「서글픈 꿈」,「노래를 잃은 뻐꾹새」,「마음의 조각」,「굴둑새 노래」등으로 삼은 것으로 보아서도 그의 詩的 精神의 근원은 한국적 그것에 근거하고 있음이 확연하다.

김상용이 살었던 시대의 詩人 대다수가 서구적 기교나 서구적 의식을 고의건 아니건 간에 차용하는 것이 상례였던 형편에 전혀 서구적이 것과는 사뭇 거리가 먼 지극히 한국적이여서 동양적인 의식의 흔적을 하나의 결정적 사실로 보여졌다는 점에 김상용의 참다운 값이 있는 것이 아닌가 생각된다.

다시 말하거니와 '왜 사냐건/웃지요'의 체념적 싯귀가 오늘에 사는 우리들의 상황에도 상당한 힘으로 육박하고 있음을 부인할 수 없는 것은 '왜사냐건/웃지요'라는 김상용의 의견은 그만큼 절실하고 견실하고 사무친 진실이었다는 점을 강변한다 할 수 있을 것이다.

『南으로 窓을 내겠오』 이 作品은 어떤 입장에서 보던지 단순한 抒情 詩的 갈래에서 조명할 수 없는 대단한 무게를 지니고 있는 作品이라 할 수 있다.

『南으로 窓을 내겠오』야 말로 저항적 서정시로서의 입장을 충분히 수행함으로 히틀러의 치하에서 소리치던 시혼과 비교하여 사실상 앞서고 있는 것이 아닌가 느껴진다.

月波 金尙鎔의 「望鄕」이후 詩 評說

김 경 식

1. 들어가며

1926년 10월 5일 동아일보에 시 〈일어 나거라〉를 발표하며 문단에 첫 선을 보인 월파의 시세계를 필자는 단순한 강점기에 시심을 회상의 성질로 시평을 논하기보다는 시문학에 기여한 업적을 기리며 문학적 공감대를 형성하는 견지에서 탐미해 보고자 한다.

강점기 시대에 가혹한 억압으로 민족의 혼인 조선어 말살 정책을 하던 때 난수표같이 절제된 언어로 빛나는 美感과 담백한 詩美를 살려 내려는 詩語로 고뇌하던 월파는 1930년 장녀 장남 부인 직계 가족과 함께 연천에서 서울 성북동으로 분가한다. 이사한 그해 29세에 이화여전 부임 문학개론을 담당 11월 14일 5년의 습작기 지나 프로 문인으로 동아일보에 서정시 〈無常〉, 〈그러나 거문고 줄은 없고나〉 동년 11월 16일 등을 발표하며 왕성한 문단 활동을 재기, 해외 문학파 일원으로 나온 뒤에 名詩인 〈남으로 창을 내겠오〉와 유일한 시집 「망향」을 상재해 현대문학에 적잖은 이바지를 했다.

하지만 월파의 탄생 백년이 지나도 지인과 문단은 아무런 언급도 없고 잊어져 가는데, 목포대의 허형만 시인과 몇몇 동인이 그의 고향 연천군 군남면 왕림리 삼거리에 〈남으로 창을 내겠오〉란 작은 표석을 세워 명맥만 잇고 있는데, 향리를 지키는 윤상협 씨가 자비로 시비를 고향 마을회관 앞에 조성했는데, 조형미가 없고 묘비같이 흉하다는 민원이 제기되어 〈남으로 창을 냈겠오〉라 음각된 비를 새겼지만 비를 세울 터가 미비한 채 분해되어 초성리 미성석제 바닥에 누워 있고 새로 조각한 시비가 다시 세워져 마무리 단계에 있다.

이에 지역 문인이 기념사업을 하려고 동서분주하여 보았지만 현실로 다가오는 것은 물질과 장소란 벽에 부딪쳤다 하여, 연천문학에 월파의 유일한 시집 〈망향〉에 수록된 시 27편을 특집으로 활자화해서 회원과 지역민 월파를 사랑하는 이들에게 나누어 읽어 보았다.

시집 〈망향〉은 1950년 이화여대 학무처장과 공보처 고문 당시 이화여대 출판부에서 3판이 발행되었고. 70년 초 현대시 자료로 한국현대시 원본전집 2로 〈망향〉 영인본을 통해 간혹 접할 수 있지만 〈망향〉 이후 발표된 작품은 그 자료가 귀하다.

詩選集 만드는 출판사도 어찌 된 영문인지 월파의 작품은 찾아보기 힘들고 문학을 연구 전공하는 학생이나 문인들도 서점이나 도서관에 수없이 드나들어도 접하기 힘들었다고 한다. 그러던 차에 월파가 생전에 시집으로 엮지 못한 〈望鄕〉 이후의 작품들을 한자리에 모았다. 추모 시와 시평을 한 권의 책으로 엮으려는 일환으로 기념문집 발행하여 시인도 기리고 지역 문학의 위상을 한발 더 나아가서는 신풍속에 밀리고 인터넷에 밀려 잊어져 가는 현대문학의 1세대인 월파의 문학세계와 향토문학에 이바지하고자 한 기획이었다.

십수년 간이나 모아 온 부족한 자료로 어수선하고 혼란과 격동

시대를 살다 간 시인의 詩想 "/南으로 窓을 내겠오/ 밭이 한참 가리/ 괭이로 파고/ 호미론 풀을 매지오/구름이 꼬인다 갈리 있소/ 새 노래는 공으로 드르랴오/ 강냉이가 익걸랑/ 함께 와 자셔도 좋소/ 왜 사냐건/ 웃지요/"에 숨쉬는 시 속에는 (익걸랑) 순수한 경기 이북 사투리가 살아 있다.

출향하여 수복된 고향을 가 보지 못하고 피난처 부산 부전동에서 세상을 버린 목가적이고 전원적 시를 꿈꾸던 고향에 귀향하여 괭이질도 한번 못하고서 양주군 구리면 망우리 공동묘지에 묻혀 있지만, 번듯한 詩碑와 詩文集만큼은 고향에서 세워지고 발간되어 영혼이나마 편히 쉬기를 부족한 후학이 바라면서 탐미해 들어간다.

2. 자아 상실과 방향

유년에 길 위에 핀 그리움의 旅愁 속에 수사학적으로 탐미해 들어가면서 식민 세대의 착취당한 아픔이 묻어 나온 의중이 박탈당한 것이 작품 속엔 방황의 흔적의 민요조 시조 형식에 화자의 강한 의지가 내재되어 펜 끝에서 무덤 같은 공허가 선혈로 피어난다.

比叡山 넘어 대(竹)와 으루나무(杉) 길을 걸으며 琵琶湖,
湖水 건너 들, 들 밖에 山,
山넘어 끝이 없이
내 旅愁에 하늘이 連하도다.

生은 짐즛 외로운 것

고개 숙여 호젓이 젓거늘,
너는 왜 물새처럼
追憶의 바다로 나를 인도해
아득히도 돌아갈 길을 잊게 하나뇨.

—〈旅愁 · 1〉 전문 (문장 2권9호. 1940년 11월 1일)

지도에도 없는 상상 속의 비예산에 의미가 주는 이미지는 모순된 비유인지 나라가 없는데 절개를 지키는 대나무와 선비에 의미없이 우는 대숲의 영가로 들리고, 잘 휘어지는 우루나무 사잇길을 걸으며 이국의 악기인 피파 소리는 호수에 물결 따라 춤추니 들리는 반주 소리에 춤추려니 장단이 낯설고 품세가 멋쩍어 그림자극의 인형 꼴이 되어 시인의 애간장만 졸아들고. 수만 년을 자기를 보호할 줄 아는 잡초는 달빛에 비친 제 모습 보며 우주와 어울렁 거리며 동화가 아닌 동화가 되는 듯하지만 뿌리와 종자를 지키며 자기 영역 지킨다.

그러나 반가와 지식인은 대숲에서 걸어 나오지 못하는 화자 끝도 없는 외로움에 고개 숙이고 애끗은 물새에게 역설적으로 추억의 바다로 나를 인도해 돌아가야 한다고 외치지만 자아 상실을 하게 했는가를 내면에 묻고 있다. 집을 떠나 돌아가지 못하는 애절한 여정에 핀 향수는 지나온 오솔길에 삶의 흔적 때문에 돌아갈 이정표가 있어도 나침반이 있어도 다 소용없고, 하늘에 원망해 보지만 상상 속의 비예산 대나무가 비바람에 쓰러져 부르는 영가의 비유는 탈진해 들어가 의연적 수사가 아롱진다.

고요함을 한갓 아껴 하듯
조심 古宮에 눈이 나린날,
비들기 마실가고,

아- 옛빛 肅然히 저므는 뜰을
孤寂을 달래며 홀로 걸었오.

牧丹포기 마른 花壇, 섬돌,
그날의 꿈은 씨껴 가고,
몇 나히로 헤일지, 늙은 杏子樹,
告할뜻 그저 말이 없었오.

—〈古宮〉 전문 (春秋 2권 2호 1941년 3월 1일)

힘없고 궁 안 굴욕의 흔적은 눈이 내려 덮어 줄 만한데 백설은 적막한 궁안을 더 눈부시게 하지만, 인적이 드물고 비둘기 마실가서 500여 년 영화의 뒤안길에 평온은 사라지고 적막하다 못해 고적해 화자의 설움으로 달랜다.

날카로운 관찰력은 여기에서 머물지 않고 교태전 뒤뜰에 목단을 주시하며 꽃피워 냈고, 서리 맞아 말라 비틀어진 몰골된 화단을 살피며 그 언제 화려한 꽃을 피워 내는지 뿌리가 괴석 아래서 주인을 잃고 꿈도 희망도 미미하지만 탐스럽게 필 목단꽃은 그날을 기다리고 있다. 역사의 흥망을 지켜본 은행나무는 자기 나이도 알 수 없지만 너무 구차스러워 아무 말도 없이 내일 위해 담 밖의 나무와 마주 보고 있다. 화자는 그 마음을 아는지 필자가 쓸 수 있는 선에서 기록한 시 한 수를 보자.

하늘과 물과 大氣에 길려
異域의 동백나무로 자라남이여,
손없는 饗宴을 버리고
슬픔을 잔질하며 밤을 기다리도다.

四十고개에 올라 生을 돌아보고

寂寞의 遠景에 嗚咽하나
이 瞬間 모든 것을 잊은 듯
그 時節의 꿈의 거리를 排徊하얏도다.

少女야, 내 시름을 간직하야
永遠히 네 가슴속 信物을 삼으되
生의 秘密은 비 오는 저녁에 펴읽고
묻는 이 잇거든 한 사나이
생각에 잠겨 고개숙이고
멀리 길을 간 어느 날이 있었다 하여라.

—〈손없는 饗宴〉 전문 (文章 3권 4호, 1941년 1월호)

국권 상실기에 일본과 미국에서 영문학을 전공한 학자 이역에 서나마 세파에 강인한 동백꽃으로 피고 싶은데 이끌어 주는 손 따스한 손길은 밤마다 날마다 간절히 소원해도 오지 않는다. 불혹이 되어 버린 채 뒤돌아보면 적막함만 오열하니 모든 것 잊고도 싶고 희망을 갖고자 꿈에 거리를 떠돌다 새 나라를 짊어지고 강의 듣는 학생에게 애절히 토로하던 교단에서 시대가 무어라 하더라도 가슴속엔 비밀과 神物을 간직하고 살라는 애원이 섞인 절규 그 누가 생의 비밀 묻거든 한 사나이가 생각에 잠겨 목청이 터지고 분필을 날리지만 무능할 수밖에 없는 한계를 드러내고 있음을 본질적으로 진술하고 있다. 시대적 배경에 思想과 정치에 물들지 말라는 메시지가 극에 달한 동포간의 의심병에 물들지 말기를 고한다.

맑은 아츰 새 노래 아름다워라
꽃냄새에 醉한 놈이 풀빛(草色)에 젖(濕)네.
구름도 쉬여 넘는 山머리에서

千萬里 넓은 들 굽어합니다.

눠 서름에 물결은 깨여지는지
아득하다 하늘에 물이 다았네.
浦口를 찾아드는 배를 보고도
마음의 故鄕을 그려합니다.

시름은 물결에 흘려보내고
山에 올라 靈氣로 맘을 닦겠네.
고이고이 天地가 길으니 生을
아끼며 깨끗이 살으랍니다.

—〈山에 물에〉 전문 (三千里 13권 9호, 1941년 9월 1일)

새벽 공기와 지저귀는 새소리는 청아하고 정겹다. 꽃 냄새에 취한 벌과 나비 녹음에 반해 구름도 쉬어 가는 산 정상에서 보면 雲海의 바다가 천만 리 같은데 그 속에는 어찌 그리 물결처럼 아픔이 많을까.

타는 하늘 뒤로 하고 포구로 몰려드는 통통배 보면 어디론지 가고 싶고 머리에 쌓인 고뇌를 물결에 버려도 산에 올라 연기로 날리며 맘을 다져 보지만 세상 천지가 길이고 삶의 터전인데 욕심을 던지고 살고 싶어 또 다른 나에게 다짐한다만.

다른 시와 달리 조형 율에 매어 있지 않으며 자유시 쪽으로 흐른다.

누구에게나 똑같이 다가오는 새벽 공기처럼 산은 말이 없고, 실개천 물은 수다쟁이 되어 어디론지 가고 있다.

3. 기다림의 환희

山에 올라 妖雲 덮인 골,
눈물로 굽어 보며
그 淫暗 걷히라고
소리 없는 愛國歌에 목메여,
흐득이든 그날을 記憶느냐, 동무야.

이리 굴 메이고,
生命샘 파 濁한 벗 태여가리,
福樂의 千萬年 배달의
답으로 닦으랴든
그때를 回想느냐, 兄弟야.

한 同志의 억울한 呻吟에
얼마나 땅 치며 嗚咽하얐든고

한 아기의 屈辱에 이 악물고
羞恥를 맹서한
鬱憤을 생각느냐, 同胞야.

—〈그날이 오다〉 전반부

아무리 억울하고 복장이 터질 것같이 고통스러워도 기다리다 보면 살다가 보면 희망은 미소 짓는다 알아주는 이 하소연할 곳 없어 산 정상에 올라 '야-호' 라고 반복해서 소리치면 가슴속에 응어리진 속내가 풀어진다. 그리고 서슬이 퍼런 식민 시대에 소리 없이 애국가 흥얼대며 목메여 흐느끼던 그날을 기억하며 소리쳐 부르자고 동무와 이웃에게 잊지 말자고 한다.

이리에게 감시당하며 살아야 했던 지난날 염원의 독한 마음으로 다시 한번 복받는 배달의 땅에서 동지가 억울해 오열하던 그 때를 잊지 말고 새 희망을 안고 새 시대에 태어난 아기에게는 다시 그런 일이 없게 하자고 호소력 있게 그날이 왔다고 외치고 있다.

때는 오라, 아— 피로 산 그날이 오다.
물 다리고, 장부대, 터 닦을 날이 오다.
군색건, 작건, 내살림
우리 차려볼 渴望의 날이 오다.
어깨 폇고, 노래 처,
그저 나아갈 그날이 오다.

三千萬, 목거야 한줌이 않넘는
우리의 피의 겨레로다.
바다와 학을 닮은 白頭
無窮花피는 뜰에,
아— 兄弟야
그저 웃으며 세울 그날이 오다.

왜, 줄달음이 없겠는가.
그러나 한등 걸의 가지와 가지
진살로 귀엽고,
사랑겨워 發然한 興奮속에
同族愛의 홰ㅅ불은 그래도 크게 타노니,
재 넘어 차려진 大建設의 饗宴찾아,
지튼 어둠길을 의지해 걷다.

—〈그날이 오다〉 후반부 (경향신문, 1946년 12월 15일)

자유롭고 힘찬 솔개의 기상이 민족의 가슴에 다가왔다 순국열사의 피로서 터 닦아 놓은 그날이 왔으니 얼마나 가슴 벅찼을까. 잘났거나 못났거나 삼천만 동포가 기다리고 고대하던 날이 왔으니 어깨 피고 노래 부르며 희망찬 나라 위해 분단의 벽을 허물고 한겨레가 산과 들에 무궁화 피우며 힘차게 달려 나가자고, 아무리 미움에 겨워도 뜯기고 할퀴어 상처 난 국토에 어둠을 밀어내고자 45년 말 미군정 때 강원도 도지사로 발령받고 수일 만에 사임하고 이화여대에 복직해서 학무처장 맡고서 광복의 기쁨을 시로서 노래했다. 발표 시기는 12월 15일 광복 4개월 후인데, 어느 정도 치안 안정을 피부로 느끼는 시기가 되었으나 남북 분단과 찬탁 반탁의 소요가 반복되는 것을 보며 시인의 본연으로 돌아와 동포 형제에게 다시는 나라를 잊어서는 아니 된다고 호소하고 있지 않은가. 그날이 왔는데 왜 이런지, 사상이 무언지 양같이 순하디순한 민족에게 혼돈은 너무 야속하다는 것이다.

붉은 노을 뒷자락 차마 거두지 못한 黃昏
우리 애오라지 할 때 無聊를 위로했도다.
莊嚴을 삭여 세운 듯, 山谷이 버렸음이여
漢江 七百里 물빛이 銀으로 흐른다.

이 좋은 江山, 어찌 人傑의 뛰어남이 없으랴,
祖國이 지금 우리 일가를 목매여 불으나
차라리, 피의 淋滴를 잔 가들 부어
悲壯, 鬱憤을 노래로 마실가.

―〈꿈에 지은 노래〉 전문
(漢江 江가 酒幕에서 1947년 7월 25일 새벽 꿈속 지은 것을 약간 補作하얏다.)

민족이 처한 암흑기에 가슴의 열정이 일어나도 분단되어 고향 바라보며 보편적으로 위로받고 장엄한 포부를 삭여서 치솟은 산골짝에 묻어 놓고 제 할 일만 하는 칠백리 한강 줄기의 유구함같이 아픔도 감춘 태공이 되어 서해로 가는 물빛과 눈을 맞춘다. 금

수강산엔 어찌 또 당파만 있고 걸출한 인물은 없단 말인가, 부활한 반쪽 국권은 통일에게 무심한 건지 목메여 불러도 메아리도 답도 없다. 차라리 산림처사가 되어 술잔 가득 부어 마시고 취하면 좋으련만 비장분개하여도 울분 또한 토하지 못하는 무정부시대를 조명하며 심층적 차원에서 꿈속에 지은 노래로 한강의 역사를 그리고픈 나그네는 물줄기에 밀려서 흘러갈 것이다.

나도 한낮의 맑은 精氣
至極히 微微하나
내 宇宙의 核心이어니…

時空에 超然하고
나를 둘러 世界든 燦然히 돈다.

내 凝結이 바서지면
어둠과 쉬되
나비도 춤추고
시내 물도 웃고
구름과 逍遙하고
赤道아래 우뢰로 아우성치리라.

나를 비웃지도, 어찌하지도 못한다
나는 있기 때문에 없샐 수 없다.

攝理와 함께
새 善美를 計劃도 하려니

나는 아츰 이슬에 젖은
憧憬의 해바라기
아— 永遠히 福된 絶對로다.

—〈해바라기〉 전문 (文藝, 1949년 9월호)

화자도 작은 힘이나마 세상에 보탬이 될 만한데 세월과 시간을 뛰어넘을 수도 없이 세계와 현실을 돌고 돈다. 내면에서 부서지고 어둠에 묻혀 있는 나비의 꿈은 화려해도 구름이 할 일 없이 소요하는 것도 아니고, 때가 되면 비도 만들고 천둥을 치기 위한 기다림이라 비웃고 조소의 날이 서도 나라는 존재가 있기에 과거와 현실을 부정할 수도 없고 세상에는 힘에 의지해 사는 이들은 치밀한 계획적으로 산다. 그러나 부족한 가장에 서툰 사회인인 화자는 존재 상실로 거울을 보니 태양을 기다리는 이국의 해바라기 같은 착상과 자연의 섭리를 거부한다는 인간의 한계가 미미한 존재만 못하다고 했다.

生은 짐짓 虛無의 거리
쌓아도 쌓아도 짙은 것이 없거늘
네끼친 장미 가시에
마음의 부프름이 왜 아풀가?

비긋인 七百里
異鄕의 밤길을 간다
버리는 섬(島)을 버리고
구지 어딜 가는거냐?

— 〈旅愁·2〉 전문 (新天地 4권 10호, 1949년 11월 1일)

고요한 뇌파에 퍼지는 속삭임, 인생은 나그네의 여정이고 정을 쌓고 쌓아도 이해타산에 밝은 이들이 돌아서며 내미는 손은 장미 가시 같아서 마음이 싸하다. 절제와 배려로 칠백 리 낯선 밤길을 가면서 외로움 버리며 왜 가야 하는지 반복해서 묻고 있다. 비장한 문밖의 세상에서…

물결 잦은 강변
하늘은 연녹색으로 멀고
안개인양 봄이 휘감겨
실버들이 너울거립니다.

나비 춤 새의 노래
가추가추 아름답소만은
내 마음은 비어
신부 없는 골방
손 없이 벌려진 찬치입니다.

부질없이 鄕愁는 왜 밀려옵니까?
孤獨이 샘물로 가슴에 솟쳐 옵니다.

그 사람의 은근한 귓속말에 젖어
비 바람 골에 궂으나
담뿍 복스럽던 그날을 그리워 하노니—

가슴의 이 초롱불이 꺼지면
봄도 생도 어둡지 않습니까?

—〈鄕愁〉 전문 (새한민보 3권 23호, 1949년 12월 31일)

물결 잦은 강변으로 표현하는 것은 집 앞에 흐르는 골 깊은 차탄천이며, 하늘은 멀고 안개가 자주 피는 은대리 벌판에 버드나무가 춤추고 군자산엔 나비가 너울대며 온갖 새들의 노랫소리가 아름다워도 사랑하는 이 없는 곳은 아무리 찬칫집이라 해도 손님없이 치러지는 찬치인데 왜 이다지도 고향이 그리운지 고독을 아무리 퍼내어도 마르지 않고 차 올라온다. 사랑하는 사람이 아무리 달콤한 말로 위로해도 옛 생각만 떠오르고, 마음속에 고향의 그리움이 없다면 새벽이 와도 봄날에 꽃이 만발하면 초롱불이 꺼져도 희망이 있다는 詩語가 직유법으로 무르익어 가는 고향의 정경이 엿보인다.

4. 쓰고 싶은 한 수의 시를 위하여

한 장으로 너그러히 편 하늘
헤일 수 없이 별들이 밝다.

꾸미지 않았다.
그저 훗지다.
말이 끊였다!

太古도 오늘인양 永遠한 젊음
맑음이 넋자락에 맵고녀!

내 生은 부디 저렇고지고
쓰고 싶은 한 首의 詩이기도 하다.

—〈하늘〉 전문 (民聲 6권 1호, 1950년 1월 1일)

생명의 원천이며 지고지선의 표징인 '하늘'에 대한 시적 이미지 분단되어 모순과 비정에 혼미한 반쪽이 된 국토에 진동하고 인간들이 아우성쳐도 하늘은 갈라지지 않고 수많은 별들이 저 잘났다고 경쟁을 해도 선정에 든 달마조사처럼 관심이 없다. 태고에서 현재까지 맑고 젊은 넋만 존재한다는 하늘같이 삶 줄기에 흐뭇한 추임새가 저리 아름다우면 분쟁도 없고 갈등이란 단어도 없으련만, 사상이란 미명 아래 혼돈에 혼돈이 자기를 상실로 몰고 가도 화자는 시인이란 본분이 있기 때문에 단 한 수만이라도 남기고 싶었는지 시인은 이 시를 쓰면서 죽음을 예견한 듯했는지 유서 같은 미이지가 붓대에서 흘러나와 깔려 있다.

지혜를 모아모아,
물질의 호화를 여기 쌓았고나,
'네온'에 어지러운 '뉴―욕' 아,
달빛이 저처럼 멀리 여윘다.

샘물 재절대는 숲 깊은 산아래,
내 꿈은 지텄거니,
님아, 거기서 너와 고요함을 누리며,
넋을 늙히리라.

밤새도록 번화의 물결에 떠서
'스핑크스' 로 나는 외로웠노라.

―〈스핑크스〉 전문 (慧星 2호, 1950년 3월 25일)

물질만능의 시대 세계금융시장을 등에 업은 미국 민족사의 격랑에 끼어들어와 관념적 상징이라 포장해 반도에 금을 그었지만 스핑크스를 만들어 낸 이집트 왕조의 무덤 속에는 힘의 원리를 무시하고 비웃는 유산을 감추고 있다.

먼 훗날을 후손에게 조상의 지혜를 전하기 위해 거리와 시대를 유지하며 역사 인식에서 파생된 탐색과 세태의 비평적 삶의 통시성에 조제의 탐구와 죽음이 승화된 사막의 역사 스핑크스가 주는 의미와 영역, 사막의 모래 숲이 아닌 지혜의 샘물이 솟아나는 오아시스가 있는 조국이 있기에 물질이 지배하고 힘을 자랑하는 강대국을 비웃으며 나는 외롭다고 역설적으로 소리치고 있다.

슬픔과 苦惱의 고개 넘어
또 다시 窒息의 구비를 도노니
눈물마저 마른 눈 앞은
깊이 모를 運命의 재빛 구렁이로다.

이다지 쓴 잔일진댄
차라리 비었기를 바란다.
눈보라 急한 살어름의 진펄을
짐 지고 오늘도 온 하루를 걸었다.

오— 生아, 한때일망정,
단 샘ㅅ가, 퍼드리고 쉴 자리가 없느냐?
滄海의 悠悠한 한 마리 갈매기로,
물결 千里, 하늘 千里 희날고 싶은 所願일다.

-〈苦惱〉 전문 (梨花 9호, 1950년 4월 1일)

삶은 번뇌를 고뇌에 갇혀 질식할 것 같지만 그 순간만 지나면 망각의 등불이 되어 잊고 살다 고비마다 마주 앉아 일상의 사건들, 때론 자의로 때론 타의로 인생에 수레에 끼여 굴려가고 있지만. 꿀물 같은 정이 넘치는 동네의 샘터, 어미의 젖가슴 같은 편한 품을 그리는 고뇌를 지고가도 사르르 녹일 수 있는 곳, 아무리 힘들고 험해도 유유자적할 수 있는 곳, 먹이를 찾아 날지 않으면 허기가 져서 바다로 떨어지는 갈매기 되지 않아도 되던 유년의 푸른 꿈이 넘쳐서 갈매기 타고 천리만리 날고 싶었던 간절한 갈구, 혼돈시대에 지식인의 아픔이 숨 거친 호흡을 한다. 어수선하고 살얼음 같은 식민시대 지식인이기에 지고 가야 할 짐은 늘 견비통을 유발하니 어찌 가벼울 수 있었으랴.

5. 실크로드를 그리며

후유듬 駱駝등으로
굽어 나린 壯山밑,
五月 太陽이 봄비이냥
恩惠롭게 흐르고…

竹筍처럼 싱싱한
젊은이 여덟
잉여채 誼좋게
線路를 다듬어라.

두 줄 鐵路 南北으로 달리는 곳
現代意慾이
다북, 살같이 빠르고녀!

—〈點景〉 전반부

삼봉 능선의 변함없음에도 왜 낯선 낙타 능선 굽어진 장산으로 다가오는지 오월의 태양은 변함없이 온 대지에 사랑을 나누어 주는데 고향집은 삼팔선에 가로막혀 고향의 산 능선은 이국의 낙타 등처럼 낯이 설고, 죽순처럼 밀고 나오는 향수에 정겹던 고향집과 가족과 부모님 괴꽃 가득 핀 뜨락 마당에 모닥불 피워 놓고 앉아 오순도순 이야기꽃 피우던 집이 아롱지는데 어찌 남북으로 달리던 열차는 가지 못하는지.

너의들의 힘찬 어깨가
꽃잎처럼 나부껴라.
고괭이 함께 나려
조약돌의 音響이 곱고나.

어기어차, 길을 닦아,
大望을 밀고 갈까?
집을 세워라,
나라도 이렁 자라놋다.

땀 흘려
地心을 적시렴아,
가슴에 空虛가 없는 너의들,
눈에 灼熱의 웃음이 잠겼다.

漢江이 아름저 흐르나니
너의들 脉膊인저 !
時代도 네것,
젊은이야! 길을 길을 닦아라.

—〈點景〉 후반부 (아메리카 2권 6호, 1950년 6월 1일)

왜 점을 찍어서 열강의 무엇을 주고 무엇을 가져가려는지 삼팔선 질러가는 두 줄 철로를 타고 경원선 달리던 전곡역에서 보이는 집에 가고픈 의욕은 단숨에 뛰어가고 싶지만 마음속에서 꽃잎처럼 나부끼다 사그러들어야 하는 실향의 아픔, 남북의 관민이 하나가 되어 길을 닦아, 통일을 해서 이산가족의 눈에 환한 웃음이 피고 가족이 만나 어깨 춤추는 영상이 분단의 아픔 아래 피고, 묵은 한과 설움은 아름답게 흐르는 한강수에 다 던지고 새 시대를 다 함께 이루자는 시인의 소망이 살아 숨쉬는 이 시는 6·25 전에 아메리카 2권 6호에 발표하였다. 시인의 직감으로 동족 아픔을 예견하고 막아 보려는 안타까운 절규인지 그 느낌과 영감은 그래서 위대한 것 같다.

6. 잃어버린 고향 나오며

월파 선생은 1902(광무 6)년 8월 27일 경기도 연천군 군남면 강신봉 남쪽 아래 있던 마을 粥垈골 804번지에서 출생(지금의 베데스다 농원 아래쪽 군부대 안에 호적주소 근거로 하였다) 왕림에서 약종상과 韓醫을 하며 1만여 평의 농지 소유한 지주 경주 김씨 김기환과 나주 정씨 사이에 2남 2녀 중 장남으로 출생, 1908년 연천공립보통학교 입학해서 1912년 졸업(4년제) 어찌 된 연유인지 모르나 5년의 공백기 뒤에 서울로 유학 가서 경성 제일고보에 입학했지만 3·1운동에 가담해 독립운동을 했다 하여 제적당하고, 보성보통고등학교로 전학해 20세에 졸업하고 일본 유학중에, 가세가 기울어 학비를 보내 주지 않아 화자가 돈을 벌며 동생 김오남의 학비까지 내어주며 영문학을 전공하여 귀국했다. 원래 부친의 고향은 충북 보은군이었으나, 유능한 한의(韓醫)로 왕림에 와서(그 당시 왕림은 개성과 철원으로 가는 삼각주의 길목) 한의원을 차려 부유한 살림을 했으나 3·1운동 후 가세가 기울기 시작했다. 그 시절에 경성 유학이나, 일본 유학은 보통 재력으론 꿈도 꾸기 어려웠던 터에 화자는 동경에서 돈을 벌어서 화자와 동생의 유학비를 조달하며 졸업 귀국한다. 월파의 서울 생활은 16세에 경성제일고보에 입학한 1917년부터 시작되지만, 1919년 3·1운동이 일어나자 이에 가담했던 그는 일본 관경을 피해서 연천 왕림리로 피신을 해 왔다.

부모님은 고향에 정착하라고 서둘러 연상인 박애봉 씨와 혼인을 시켰으나, 월파는 연천에 정착을 하지 않고 다시 서울로 올라갔지만, 경성제일고보에서는 독립운동에 가담했다고 이미 제적이 되어 하는 수 없이 보성고보에 편입학을 했다. 비록 키는 작았으나 단단하게 균형이 잡힌 몸으로 '왜 사냐건 웃지요'하는 관조적인 생활 태도와 인생은 '요강 같다'는 역설적이고 아니꼬운 정의는 모두 어려서부터 형성된 특성이 아닌가 여겨진다. 월파는 그 후 21년 립교대학 상과에 진학했으나 영문과로 전과 27년 리꼬오대학 영문학과를 졸업하고 귀국해서 고양군 숭인면 성북동으로 이주한 후 다시 고양군 은평면 행촌동으로 이거하여 보성고보 연희전문에서 잠시 교편을 잡다가 다음 해에 이화여전 교수가 되어 영문학을 강의하면서 문과 학무처장을 지내며, 이화여대에서 뽑은 잊을 수 없는 은사의 명예를 누리게 된다. 월파는 유학 시절에도 동경에서 해외문학파의 동인과도 교류한 모양이다. 그러나 그의 문단 데뷔는 늦은 편이다. 1930년 11월 14일 29세에 동아일보에 서정시 〈無常〉, 〈그러나 거문고의 줄은 없고나〉(1930년 11월 16일) 등을 발표하고, 1931년에 창간된 「詩苑」 1호지에 번역시 발표와 〈망향〉을 문장(文章) 등에 발표했다. 그 후 38세에 1939년 5월 1일 〈望鄕〉이라는 58쪽에 27편의 시로 문장사 초판은 1원 40십전 우편료는 9전이며 한지 장정에 저자의 육필로 〈望鄕〉 표지는 길진섭 시집을 상재했다. 그것이 곧 그가 살아서 남긴 단 한 권의 시집인 셈이다.

월파는 그 시집의 한 줄로 된 서문 "내 생의 가장 진실한 느낌을 여기 담는다"고 토로하고 있다. 43년 일제에 의해 영문학 강의의 철폐로 교수직을 사임, 45년 해방으로 복직 학무처장을 지내다가 46년 미국 보스톤 대학에 영문학 연구를 위해 도미했다 49년 귀국해서 이대 학무처장과 교수직을 맞는다.

1950년 격동기에 이화여대 출판부에서 시집 재판과 3판이 발행되었고, 그 후 57년이 지났다. 월파가 그리워한 고향 마을에는 '詩人 닮았는지 키가 아주 작은 월파 선생의 생가' 라는 비석이 떨어진 채 잡초 속에 숨어 있다.

월파 문학을 사랑해서 목포에서 최북단 연천까지 와서 비를 세운 고고한 분들께 미안한 마음이 드는 것은 왜일까. 월파의 고향은 경기도 연천이다. 그가 시집을 상재할 시기에는 한탄강 다리를 건널 수 있었는데, 왜 시집의 제목이 '망향' 이었을까? 망향과 향수를 달랠 수 없어 〈남으로 창을 내겠오〉라는 시를 썼다. 조국의 국권이 상실되고 부모형제와 이별한 유학생활에 먼 거리를 두고 그리워하다 남으로 창을 내어주면 그 얼마나 좋은가. 뛰어놀던 고향집 따스한 부모님의 품 고향이 38선 이북이 되어 실향의 아픔을 앓다가 1948년 도미 1년 만에 귀국 이대에 복직 수복되는 것을 보지도 못하고 가 보지도 못하고 6.25가 발발하자 피란을 못가고 서울 지하에 숨었다가 9·28 수복과 함께 부산에 피란 당시 공보처 처장이던 김활란의 권유로 공보처 고문으로 백두산을 등정하고 금강산을 매년 다녀오는 강골에 근육질의 월파 그의 나이 50세에(1951) 6월 23일 오전9시 부산에서 피란 중 김활란의 집 필승각에서 먹은 게 중독을 일으켜 치료하다 의사의 잘못된 투약으로 부산 부전동 52번지 셋집에서 사망했다. 4년 뒤 이화여대의 주선으로 1955년 2월 30일 양주군 구리면 망우리 공동묘지에 옮겨 모셨다.

월파는 살아생전 다방면에서 활동을 했다. 모교 교사, 교수, 일제 탄압으로 영문학 강의가 폐지되자 화원 주인, 재한 군정청장을 겸한 미 육군 24사단장이 임명한 강원도 도지사, 이대 학무처장, 통역관, 공보처 고문, 코리아 타임 주필을 지내기도 했다. 진정 고향을 사랑하는 것이 무엇인지 묻고 싶다.

토박이니 토후니 자처하는 지역의 일꾼들은 연천을 사랑함네 떠들면서 과연 무엇 만들어 놓았는지? 월파는 1943년 8월 1일에서 7일 까지 7인의 문인이 발표했는데, 월파는 4일 매일신보에 〈님의 부르심을 받고서〉 시만 흠이 있고 일제 치하라는 괴로운 시대에 이화여전 학생들에게 s.y 엉클 문과 아저씨란 애칭으로 불리웠다. 문학사와 영문학에 이바지한 공이 크다. 화자의 명시 〈남으로 창을 냈겠오〉 교과서 수록되었고, 국가관이나 시류에 편승하지 않는 심성에서 볼 때 공인으로서 아무런 손색이 없지 않으며, 이화여대 60년사에 최고의 은사로 기록된 것과 1983년 4월 20일 조태일 시인이 발행한(日帝下 獨立運動家의 書翰集 시인사)에 수록 되어 있고, 노천명 시인이 잊을 수 없는 恩師인 것을 어찌하겠는가. 하루 속히 월파 선생의 생가 복원과 시비 기념관이 생겼으면 그 얼마나 좋은 일인가, 얼마나?

작 가 연 보

1902 : 1세 음력 8월 27일 京畿道 漣川郡 郡南面 旺林里에서 부 慶州金氏 基煥과 모 羅州丁氏 사이의 2남 2녀 중 장남으로 출생하다. 부친은 한의사로서 약상을 경영하는 한편, 만여 평의 농지를 소유한 지주이었음.

호는 月坡, 별명은 地月公(땅딸이)으로 불려졌다고 한다. 그의 여동생은 시조시인인 金午男.

1908 : 7세 漣川公立普通學校에 입학.

1912 : 11세 漣川公立普通學校 4년제를 졸업.

1917 : 16세 京城第一高等普通學校에 입학.

1919 : 18세 己未 3.1운동이 일어나다. 학생운동에 가담, 그후 日本官憲을 피해서 고향으로 돌아가다. 이때 규수 密陽朴氏 愛鳳과 결혼.

독립운동에 가담했다는 이유로 京城第一高等普通學校에서 제적당하고 普成高等普通學校로 전학.

1921 : 20세 普成高等普通學校를 졸업.

1922 : 21세 日本 立教大學 豫科에 入學.

長女 貞浩 출생.

1924 : 23세 立教大學 英文學科로 진학.

1927 : 26세 立教大學 英文學科로 졸업, 귀국.

普成高等普通學校 교사로 취임.

梨花女專 강사로 출강.

1928 : 27세 梨花女專 교수로 취임.

1929 : 28세 長男 慶浩 출생.

1930 : 29세 가족을 솔거하여 漣川에서 서울 城北洞으로 이사.

〈春怨〉·〈白頭山吟五首〉·〈찻는 맘〉·〈그러나 거문고 줄은 없고나〉·〈失題〉 등의 시작품을 「東亞日報」·「新生」·「梨花」지에 발표.

1932 : 31세 서울 西大門區 杏村洞 210의 2호로 이사하다.

次女 明浩 출생.

〈無題〉 및 투르게네프의 散文詩를 「東亞日報」·「東方評論」지에 발표.

1934 : 33세 次男 聖浩 출생.

〈無題吟二首〉·〈孤寂〉·〈南으로 窓을 내겠오〉·〈宇宙와 나〉등 많은 시작품을 「新東亞」·「中央」·「文學」·「新女性」지에 발표.

1935 : 34세 〈颱風〉·〈나〉·〈無題〉·〈마음의 조각〉 등의 시작품과 이미 〈이미 十六年〉 등 수필 및 평론을 「新東亞」·「詩苑」지에 발표.

1936 : 35세 三女 順浩 출생.

〈눈 오는 아츰〉·〈물고기 하나〉·〈煙突의 노래〉 등의 시작품과 〈그믐날〉 등 수필을 「新東亞」·「朝鮮文學」·「詩와 小說」·「朝光」지에 발표.

1938 : 37세 四女 善浩 출생.

〈愚夫愚語〉·〈春宵譫語〉·〈無何先生放浪記〉·〈無荷錄〉 등의 신문을「東亞日報」·「三千里文學」 지에 발표하고 그리고 〈鄕愁〉·〈가을〉·〈浦口〉 등의 시작품들을「朝光」·「女性」지에 발표.

1939 : 38세 5월 詩集『望鄕』을 출판하다.〈南으로 窓을 내겠오〉 등 27편의 시작품을 수록.

1942 : 41세 三男 忠浩 출생.

城北區 敦岩洞으로 이사.

〈登山百科書〉를「春秋」지에 발표.

1943 : 42세 日帝에 의해 英文學강의 철폐로 梨花女專 교수직을 사임.

鍾路2가 長安빌딩 자리에서 長安花園을 동료였던 金信實과 함께 경영.

1945 : 44세 8.15解放과 함께 梨花女專 교수직에 복직하여 學務處長

의 일을 맡음.

軍政때 江原道知事로 발령받았으나 수일만에 사임.

1946 : 45세　美國 보스턴대학에서 영문학 연구를 하기 위해 渡美.

1949 : 48세　歸國하여 梨花女大 學務處長의 일을 맡음.

〈해바라기〉·〈旅愁〉 등의 시편을 「文藝」·「新天地」에 발표.

1950 : 49세　2월 산문집 『無何先生放浪記』를 首都文化社에서 간행.

詩集 『望鄕』 을 梨大出版部에서 재간행.

6.25사변이 일어나다. 9.28수복 직후 공보처 고문, 코리아 타임즈 사장직을 맡기도 했음.

詩 〈하늘〉·〈苦惱〉를 「民聲」·「梨花」지에 발표.

1951 : 50세　釜山 피난시 釜田洞 57의 셋집에서 불의에 사망.(6월 20일)

1955 : 54세　梨花女大의 주선으로 서울 忘憂里 墓地로 이장해 옴.

그의 墓碑에는 〈鄕愁〉가 새겨져 있음.

작 품 연 보

◇ 시

백두산음	신생(新生)	30.10
내 생명의 참시 한수	동아일보(東亞日報)	31.12.19
젖은 그 자락 더 적시우네	동아일보(東亞日報)	31.12.22
대화(對話)	동아일보(東亞日報)	32. 2.16
나와 싸우는 사람	동아일보(東亞日報)	32. 2.16
걸인(乞人)	동아일보(東亞日報)	32. 2.20
무제(無題)	동방평론(東方評論)	32. 4
무제(無題)	동방평론(東方評論)	32. 7
무제(無題)	신동아(新東亞)	33. 3
무지개도 귀하것만은	신동아(新東亞)	33. 3

무제(無題)	신동아(新東亞)	33. 4
단상(斷想)	신동아(新東亞)	33. 4
그대가 누구를 사랑한다 할 때	신동아(新東亞)	33. 5
기원(祈願)	동광총서(東光叢書)	33. 7
맹서(盟誓)	동광총서(東光叢書)	33. 7
어린 것을 잃고	신생(新生)	33. 9
만족자(滿足者)	동아일보(東亞日報)	33. 9
처세술(處世術)	동아일보(東亞日報)	33. 9. 2
바보	동아일보(東亞日報)	33. 9.22
무제음(無題吟)	신동아(新東亞)	34. 2
즉경(卽景)	중앙(中央)	34. 4
태풍(颱風)	신동아(新東亞)	35. 1
나	시원(詩苑)	35. 2
마음의 조각	시원(詩苑)	35. 5
눈오는 아츰	시와 소설(詩와 小說)	36. 3
그대들에게	신동아(新東亞)	36. 3
연돌(煙突)의 노래	조선문학(朝鮮文學)	36. 5
괭이	신동아(新東亞)	36. 8
한것 적은 나	조선문학(朝鮮文學)	36. 9
어미소	문장(文章)	39. 2
추억(追憶)	문장(文章)	39. 2
여수(旅愁)·1	문장(文章)	40.11
고궁(古宮)	춘추(春秋)	41. 3
손없는 향연(饗宴)	문장(文章)	41. 4
山(산)에 물에	삼천리(三千里)	41. 9
병상음(病床吟)	춘추(春秋)	41.12
그 날이 오다	경향신문(京鄕新聞)	46.12.15
해바라기	문예(文藝)	49. 9

여수(旅愁)·2	신천지(新天地)	49.11
향수	새한민보	49.12.31
하늘	민성	50. 1. 1
스핑크스	혜성(彗星)	50. 3
고뇌	이화9호	50. 4. 1
점경	아메리카	50. 6. 1
해바라기	사조(思潮)	58. 8
반딧불	시와시론(詩와詩論)	58. 9
남(南)으로 창(窓)을 내겠오	현대문학(現代文學)	67.12

◇ 시집

망향(望鄕)	문장사(文章社)	1939
망향(望鄕)	이대출판부(梨大出版部)	1950

◇ 소설집

무궁화(無窮花)	대동사(大東社)	1957

◇ 수필집

무하선생의 방랑기	수도문화사	1950

◇ 평론

모윤숙(毛允淑)씨 저(著)「영운시집(嶺雲詩集)」독후감(讀後感)
동아일보(東亞日報) 33.10.22

오오마아카얌의 루바이얃 연구(硏究)
시원(詩苑) 35.2~12

기억(記憶)의 조각조각-내가 사숙(私淑)하는 내외작가(內外作家)
동아일보(東亞日報) 37.5.25~30

문학수첩(文學手帖) 동아일보(東亞日報) 36.8.21~9.4

문학(文學)의 정조(貞操)-시감(時感)

동아일보(東亞日報)　　37.6.3~4

김광섭(金珖燮) 시집(詩集) 「동경(憧憬)」을 읽고

조선일보(朝鮮日報)　　38. 7.20

시론(詩論)의 빈곤(貧困)에 대하여

－시(詩)의 비대중성(非大衆性)과 서사시(敍事詩)

조선일보(朝鮮日報)　　39. 1. 3

◇ 참고자료

이태준(李泰俊)　　김상용(金尙鎔)의 인간(人間)과 예술(藝術)

삼천리문학(三千里文學)　　38. 4

김환태(金煥泰)　　시인(詩人) 김상용론(金尙鎔論)

문장(文章)　　39. 7

노천명(盧千命)　　김상용(金尙鎔) 평전(評傳)

자유문학(自由文學)　　56. 7

김학동(金澤東)　　월파(月波) 주옥시의 재구성

월간중앙(月刊中央)　　76. 2

민숙현·박해경(閔淑鉉·朴海璟)

한가람 봄바람에 이화100년사　　81. 5.25

최동호(崔東鎬)　　판생 100주년 6인 문학전　　02. 8. 8

채규판(蔡奎判)　　김상용의 〈南으로 窓을 내겠오〉

연천문학 제5집　　07.11.

김경식(金敬植)　　월파시인 생가 복원에 관한 소고

이담문학(伊淡文學) 제3집　　99.10

김경식(金敬植)　　월파 김상용의 망향 이후 시 평설

한맥문학 206호　　07.11

김경식(金敬植)　　월파 김상용의 망향 이후 시 평설

이담문학 제20집　　08. 3

김경식(金敬植)　　월파 김상용의 망향 이후 시 평설

연천문학 제6집　　08.12

김상용 시전집

望鄕에서 歸鄕까지

2009년 4월 20일 첫번째 인쇄
2009년 4월 30일 첫번째 발행
2009년 7월 30일 두번째 발행

엮은이 : 편집위원
펴낸이 : 연 규 석
펴낸데 : 연천향토문학발간위원회

되박은데 : 도서출판 고글
등록일 : 1990년 11월 7일(제302-000049호)
전화 : (031) 873-7077

경기문화재단 문예지원금 일부 받았음.　　값 10,000원